◇ 千本櫻文庫 ◇

文库，原本是指收纳书物的仓库和书库，也指收纳书与记事簿，以及不常用物品的小箱子。以前者为例，京滨急行线的"金泽文库站"就是以前镰仓时代北条氏用来收藏汉书用的，"金泽文库"名字的由来便是如此。东京都的世田谷区也存在着收集着珍贵汉书的"静嘉堂文库"。后者则更多地被称为"手文库"。

江户时代以来，可以放入袖袂的小开本书籍逐渐流行起来，被称为"袖珍本"。明治三十六年（1903年），富山房发行了小开本的丛书，起名"袖珍名著文库"。随后，明治四十四年（1911年），讲述战国时代的猿飞佐助和雾隐才藏系列故事的讲谈社"立川文库"发行出版。讲谈是日本民间艺术，以口语化的方式讲述历史故事的形式。而"立川文库"则是将讲谈收录成册集中出版的丛书，据统计，当时刊行量为200册左右。从那时起，文库就脱离了原本的释意，逐渐演变成了现在的类书集丛。

文库说法借鉴了日本出版业界的传统说法。而千本樱源自日本奈良县吉野山樱花盛开的奇景，世人皆称"一目千本樱"来形容樱花美景。千本樱文库的纳入作品皆为日系作品，题材包括推理、悬疑、幻想、青春、文化等类型，正如千本樱满山盛开的绝景。

现代日本，以"文库"命名刊行的丛书系列有 200 种以上，所谓"文库本"只不过是统称而已。日本传统的"文库本"常用的是 A6 尺寸的 148mm×105mm，也叫"A6 判"。千本樱文库的所有书籍将在"文库本"的基础上提升，达到 148mm×210mm 的开本标准。追求还原的前提下，力图带给读者更清晰的阅读体验。

明治维新以来，日本文坛迎来了爆发期，涌现出了众多文豪级的作家。受到许许多多名作的影响，日本的出版社也从中受益，得到了突破性的发展。各家出版社为了传承文化、加强创新，纷纷设立了"文学新人奖"，用以发掘年轻作家。2002 年，宝岛社以挖掘有才能的新人、拓展推理小说的可能性，创设"这本推理了不起"大奖。该奖项不同于其他文学新人奖之处在于，除了"大奖"和"优秀奖"以外，还设立了"隐玉奖"。所谓的隐玉是指编辑经过评审之后，选出虽然没能获奖，但是未来可期的作品，给予出版机会。而本书作者武田绫乃就是那颗沧海遗珠。

2005 年，宝岛社创设新人文学奖——"日本恋爱故事大赏"，征集恋爱小说作品。但此新人奖却没有"这本推理了不起"大奖的征集工作进展顺利，于 2014 年宣告终止。然而，宝岛社的某位编辑在第 8 届的应募作品中发现了一部名为《今日，与你呼吸》的恋爱小说，该作品入围了最终候选，但没有获得大奖。编辑认为该作品的作者武田绫乃很有潜力，便将该作品选为"隐玉奖"，并于获奖次年出版。武田绫乃出道后，便以母校生活为题材，创作出了第二部作品《吹响吧！

上低音号 欢迎加入北宇治高中吹奏乐部》。"上低音号系列"既是武田绫乃的起点，也是其最具代表性的作品之一。2015 年，该作品被改编为人气动画，原作取景地的京都府宇治市也因此成为一大"巡礼地"。本作品讲述了久美子高中生涯最后一年的故事，作者以触动心灵的描写刻画出每个角色最真实的一面和青春期少男少女心中难以言喻的复杂情感。竞争对手出现、选拔制度改革、对权威的质疑……部员们各怀心思，吹奏乐部看似风平浪静，实则暗流涌动。这一次，成为部长的久美子将如何应对考验？一起聆听这首青春赞歌的最终乐章！

千本樱文库编辑部

RENAISSANCE OF LIGHT NOVEL

轻的文艺复兴

　　轻文艺是介于轻小说与纯文学之间的分类，与轻小说一样，轻文艺较多使用配色浓烈鲜明的背景与人物形象的立绘作为封面。而在内容方面，除了汲取轻小说中"剑与魔法""异能""机械"等常见要素以外，还注重构筑人物的世界观，搭建合理的人物关系，使其充分服务于剧情发展，并非只依托于"角色力"，因此更加具有逻辑性，作品完成度更高。而与纯文学相比，其天马行空的想象力，更受年轻读者喜欢的角色，以及融入流行文化的余味，都充分诠释了"轻"的概念。"轻文艺"作为类型文学的重要分支，不仅体现着文学的功能性，而且将娱乐性发挥得淋漓尽致。

　　说到轻文艺的起源，离不开轻小说的发展。21世纪初，轻小说曾经涌现出大量内容丰富的杰出作品，读者群体涵盖甚广，题材百花齐放，文学性与娱乐性都非常高，当时堪称轻小说的"黄金时代"。但随着动画市场的商业化运作愈发成熟，轻小说逐渐受到形象商务与媒介联动的影响，"萌文化"与"角色力"逐渐占据主导地位，因此轻小说的受众群体范围在逐渐缩小。近年，轻文艺的涌现也正是适应了读者的需求与时代的改变。

　　"轻的文艺复兴"旨在再现当初轻小说"黄金时代"的繁荣，遴选当下具有代表性的轻文艺作品，其中既有口碑甚好的名作，也有个性鲜明的新作。宛如文艺复兴运动，将曾经辉煌过的流行文化，推荐给这个时代的读者们。

 千本樱文库

目 录
CONTENTS

SOUND!
EUPHONIUM

主要出场人物

低音声部

黄前久美子	高三。上低音号。吹奏乐部部长。
黑江真由	高三。上低音号。从福冈市的吹奏乐强校转校而来。
加藤叶月	高三。大号。负责指导一年级新生。
川岛绿辉	高三。低音提琴。低音声部队长。毕业于吹奏乐名校。
久石奏	高二。上低音号。小恶魔的性格。
铃木纱月	高二。大号。昵称叫"小纱"。
铃木美玲	高二。大号。昵称叫"小美"。
月永求	高二。低音提琴。毕业于龙圣学园。
针谷佳穗	高一。低音提琴。初中时曾加入学校的漫画社团。
上石弥生	高一。大号。标志是头上佩戴头巾。
釜屋雀	高一。大号。釜屋燕的妹妹。

小号声部

高坂丽奈	高三。小号。久美子的挚友。行进管乐的领队。
小日向梦	高二。小号。实力很强，但性格畏缩，易陷入消极状态。

其 他

冢 本 秀 一 | 高三。长号。久美子的发小，吹奏乐部副部长。

井 上 顺 菜 | 高三。打击乐器。打击乐声部队长。

釜 屋 燕 | 高三。打击乐器。擅长演奏马林巴琴。

剑 崎 梨 梨 花 | 高二。双簧管。和叶月一起负责指导高一新生。

义 井 沙 里 | 高一。单簧管。昵称叫"Sary"。

田 中 明 日 香 | 毕业生。上低音号。久美子高一时的副部长。

中 世 古 香 织 | 毕业生。小号。和明日香关系很好。

吉 川 优 子 | 毕业生。小号。久美子高二时的部长。

中 川 夏 纪 | 毕业生。上低音号。久美子高二时的副部长。

铠 冢 霙 | 毕业生。双簧管。毕业后考入音乐大学。

伞 木 希 美 | 毕业生。长笛。与优子、夏纪考入同一所私立大学。

泷 　 　 升 | 北宇治高中吹奏乐部的帅哥顾问。指导严格，待人温柔。

松 本 美 知 惠 | 北宇治吹奏乐部的副顾问。绰号"军曹老师"。

桥 本 真 博 | 外聘指导教师。打击乐专业。

新 山 聪 美 | 外聘指导教师。长笛专业，负责指导木管乐器。

SOUND!

EUPHONIUM

SOUND!
EUPHONIUM

◆序幕

白烟徐徐升起。精心打理过的墓碑前插着线香，线香的根数与家族人数一般多。求面无表情地看着花瓶里的花，有黄色和红色的小菊、大朵的白菊、浅色的康乃馨以及浅蓝色的勿忘我。

"月永家之墓"。

灰色碑石中央浅浅地刻着文字。这片墓地突兀地出现在山中，在求出生很久前就被月永家继承。周围都是月永家亲族的墓，有些已经扫墓结束了。

"父亲，没事吧？"

"啊，抱歉，最近稍微走一点路腿就会疼起来。"

"休息一下吧，我这里有水。"

祖父源一郎撑着腰止步不前，父亲搀扶着他的胳膊。通向墓地的路有些许坡度，对上了年纪的祖父来说有些吃力。求从正在交谈的二人身上移开目光，望向墓碑的顶端。湿漉漉的墓碑表面反射着阳光。

求的父母都是教师，母亲是私立中学的吹奏乐部顾问，父亲是小学的铜管乐队指导教师。在这样的家庭背景下，求从记事起就被音乐所包围，比如强校的演奏录音带，堆积成山的乐谱，每周三来家里的钢琴老师，回荡在耳边的卡农旋律……

在如此环境中成长，会喜欢上音乐也是自然。求在五岁时，就和姐姐一起参加了钢琴演奏会。求讨厌穿西装，一穿上就开始发牢骚，而与他相反，穿着桃粉色连衣裙的姐姐得意扬扬的。姐姐很爱音乐。

风吹过，竹林发出一阵窸窸窣窣的声响，几片白菊花瓣落到求的脚边，他用脚尖将其碾碎。竖立在一旁的墓志上刻着先祖的法名、逝去的时间、俗名和过世时的年龄，全部是关于已离去之人的信息。

求看着这些文字，名字一个接一个映入眼帘。最后新刻上去的，是最近故去之人。

——月永满。

那是三年前去逝的，求的姐姐的名字。

SOUND!
EUPHONIUM

◆ 第一章
呼之欲出的助奏

【北宇治高中干事笔记】

八月　第二周的星期三　　　　　　　　记录人：高坂丽奈

　　B组部员的比赛也结束了，接下来终于到了关西大赛！为了不重蹈覆辙，我提前和泷老师、新山老师、桥本老师沟通好了，希望对大家严格指导，不要手下留情。

　　一定要进全国大赛！一定要拿金奖！

　　今年的合宿，要更"斯巴达式"地努力！

评论

还要更"斯巴达"吗？（冢本）

对我来说最大的课题是如何让部员们都保持奋斗热情。（黄前）

嗯，很像部长的样子。（冢本）

你也要好好努力呀。（高坂）

　　　　　　　　　　　＊

　　B组的比赛安排在A组比赛结束的两天后，会场是京都音乐厅，与久美子她们比赛的会场相同。今天登场的部员共四十八人，副顾问松本美知惠担当指挥，演奏曲目是弗朗兹·莱哈尔创作的轻歌剧《风流寡妇》的序曲。美知惠很早以前就说过很喜欢这首曲子。

　　"听说B组也获得了金奖。"

　　泷坐在指挥席，把手机从耳边拿开。应该是美知惠从会场打来了电话吧。此时A组成员正在练习合奏，听到这个消息，大家一阵欢呼。叶月与美玲双手抱着大号，相视一笑。雀感受到了久美子的目光，向她悄悄竖起两根手指。

　　泷挂断电话，目光落到手表上。

　　"大概再过两个小时，大巴和卡车就到学校了，到时候请大家帮忙搬一下乐器。"

　　"是。"

　　"那么从刚才中断的地方继续吧。"

　　泷话音刚落，部员们便架起乐器做好了准备。音乐教室重归安静，所有人的目光都集中在指挥棒上。空气澄澈，满屋寂静，泷的手指微颤，随后指挥棒优雅地向下划去。

　　男生部员从卡车的载货台上接连搬下乐器，马林巴琴、木琴、定音鼓、低音鼓……打击乐器尽是些一个人搬不动的大家伙。部员们小心翼翼地把乐器从中庭搬到音乐教室，生怕一不留神碰坏了乐器。

"你不觉得在比赛前搬风铃上台超级紧张吗？"

"我懂这种感觉！稍不注意就叮零叮零响个不停，还有搬那个'小豆'的时候也是。"

"小豆？啊，你说的是那个放在纸箱里发出声音的东西呀。因为北宇治没有海浪鼓嘛，所以只能找个替代品了。手工制作的东西就不用那么小心啦。"

"可是稍微一动它就发出海浪声，每次我都在心里吐槽'难道这里是沙滩吗'来安慰自己……"

"什么嘛，一响起来就掩饰不过去了吧。"

"哈哈哈。"

打击乐声部的高二部员有说有笑地从身边走过，久美子按照清单确认完乐器数目后便从卡车旁走开了。

B组部员刚下大巴，有些人还没从比赛的亢奋中回过神来。

"美知惠老师，您还在哭吗……"

"上了年纪后，只是看着你们这群年轻人努力的样子就要控制不住眼泪了。"

美知惠从箱子里拿出抽纸，擤了擤鼻涕。一身得体的黑色西装更衬出她姣美的身体曲线。虽然她平日里言行严厉，被学生们称作"军曹"，但泪点出乎意料的低。美知惠在大赛会场一边拿着抽纸一边走路的身姿，大概已经成为北宇治的一段传说了吧。

"能拿到金奖真是可喜可贺。有些部员还是第一次参加比赛，大家都很开心。"

"身为副顾问，大家的努力我都看在眼里，所以没能取得好的结果时大家后悔失落的样子让我很痛心。像现在这样，比赛结束后能看到所有人的笑脸，实在是太好了。"

"……是啊。"

久美子重重地点了点头。她看见不远处，纱月正向叶月飞奔过去。叶月一边摸着纱月的脑袋一边夸奖她，在二人旁边，美玲双手叉着腰，露出一副若无其事的表情。虽然她表面冷静，但其实心里也很想夸赞纱月吧，看她叉着腰的手，指尖在微微颤抖。

"黄前同学，快到盂兰盆节了，你升学的事怎么样了？已经想好了吗？"

"没，还完全没有头绪。"

自从进入暑假，升学的烦恼便经常困扰着久美子。领队丽奈的志愿校是音乐大学，副部长秀一想考入当地的私立大学，绿辉则很早就决定去服装设计的专门学校。与久美子亲近的朋友中，还没有决定去向的就只剩下叶月了。

"暑假期间很多学校都有校园开放日，可以到大学里参观参观，所谓百闻不如一见。"

"嗯，我也想去各个学校看看。"

"升学关系到自己的未来，想得多并不是坏事。总之，不要让自己后悔就可以。"

美知惠把手轻轻搭在久美子的肩上。夏季校服质地轻薄，久美子能感受到她掌心的温度。

"谢谢。"

久美子低头道谢。美知惠摆了摆手，朝教职员办公室的方向走去。低音声部的高一三人组"吧嗒吧嗒"地跑过来，与美知惠擦肩而过。A组的雀穿着夏装校服，B组的佳穗和弥生穿着冬装。

"久美子学姐，我们做到啦！"

平时一直戴着印花头巾的弥生今天扎了马尾辫。北宇治规定在正式比赛时，发长过肩的学生要用黑色皮筋把头发扎起来。

"你们两个辛苦了。比赛时很紧张吧？"

雀、佳穗、弥生三人都是上了高中才接触吹奏乐的初学者，自然这次也是初次参加比赛。

佳穗用手按住脸颊边的黑发，腼腆地"嘿嘿"一笑，雪白的肌肤上隐隐显出褐色的雀斑。

"我紧张得心脏都要从嘴里蹦出来了。"

"我只是单纯地觉得很快乐哦。"

说完，弥生露齿一笑。这个笑容，就好似揉成一团的纸团终于舒展开来一般。

"比赛的时候超级开心！"

久美子心底流过一阵暖流。听到后辈们这样诚挚的感想，她无比欣慰。

B组的比赛也结束了，大家终于开始奋战关西大赛。早上九点开始召开晨会，一百零三名部员在音乐教室里集合。这么多人，光是摆好椅子和谱架后坐下便一片嘈杂，再加上各种乐器，现场更是混乱。上低音号的席位在长号前面，所以大家都提心吊胆的，不知道什么时候后脑勺就会被长号的滑管"袭击"。

"那么我们从今后的日程开始说吧。"

久美子、秀一、丽奈三人像往常一样并排站在教室前面。因为空间太小没有落脚的地方，久美子一人站到了指挥台上。

"距离关西大赛只剩下三周了。京都大赛和关西大赛之间几乎没隔多少时间，因此如何利用有限的时间集中练习，做到精益求精，便尤为重要。关西大赛前，我们主要的日程安排可以总结为三点：为期三天的盂兰盆节假期，三天两夜的合宿，以及不间断的练习……"

在泷来到北宇治高中吹奏乐部后，这便成了惯例。合宿时，一般会租下旅店附近的音乐厅，这样一来大家便可以充分进行临场练习。

"今年与往年不同，我们每次参赛前都会进行选拔，这次自然也一样。合宿的第一天就是选拔日，第二天公布结果，届时外聘指导教师桥本老师和新山老师也会参与评选。"

"请问……"教室角落里，一名圆号声部的高三学生举起了手。

"请说。"

"独奏者也会通过第一天的选拔决定吗？"

"是的，并且会在第二天一同公布结果。"

"那么如果进了全国大赛，还要再选拔一次吗？"

"没错，因为我们想让状态最好的部员出场，以最优秀的阵容迎接挑战。暑假期间可能会有进步很大的部员，初学者也有可能取得飞跃性的进步，所以喜欢偷懒的部员就会被其他人所替代。"

久美子环顾一周室内，发现部员们都神色微妙地望着她。她能感到大家开始紧张起来了。这种时候，要是能开一两句玩笑，说不定便能缓和一下气氛，但不幸的是久美子非常不擅长做这种事。

"呃……总之，大家就全力以赴准备关西大赛吧。选拔结束后，当前A组的部员可能会和B组的部员互换，负责独奏的部员也有可能被替代，但我认为有变化正说明北宇治在成长，在前进。大家不要满足于现状，要以达到更高的水平为目标而努力，如此一来，大家的付出一定能够有所回报。"

"是！"

得到部员们干劲十足的回答，久美子反而有些不知所措。丽奈站在久美子身后，用只有她才听得见的声音悄声说："说得好。"久美子回头一瞥，只见丽奈嘴角上扬。

"好了，大家开始进行声部练习吧。为了下午的合奏，请把各自不太熟练的地方都一一击破。"

"是！"

"解散。"

看部员们一下子四散开来，久美子便从指挥台上走下。说是指挥台，实际上只是一个家具店里都有卖的木箱，上面放着谱架和折叠椅。合奏练习时，泷和领队就坐在这里。

"久……久美子学姐，辛苦了。"

声音从前面的座位传来，是单簧管声部的沙里。沙里和低音声部的高一三人组从小一起长大，虽然还是一年级，却是入选A组的实力选手。

沙里握着单簧管，轻轻点了下头。

"你也辛苦了。Sary不去声部练习教室吗？"

"正准备去。那个……我想先和学姐道个谢。"

"道谢？"久美子歪着头，想不起来自己做了什么值得被感谢的事。

"那个……日出节的时候，学姐不是给了我很多建议吗……"看见久美子云里雾里的表情，沙里急忙补充。

"啊，去你家的那个时候啊。"

"是的是的。"

沙里家是寺院，听说人手不足的时候，她也会穿上巫女服来给家里帮忙。

"那个时候我试了很多方法，做了很多练习，却一直力不从心，最近终于能冷静下来看清周围的事了。昨天，佳穗说'进入吹奏乐部真是太好了'。我听到这句话的时候就想，那个时候久美子学姐说的话果然是对的。"

"那是佳穗自己努力的回报。"

"即便如此，我也还是这么认为，所以一定要亲自向学姐道谢。"

沙里一脸诚挚地望着久美子。久美子看着她坚定的眼神，不由得挺直了脊背。

"无论怎样，我都会支持久美子学姐的。"

此时若开玩笑地说一句"太小题大做了"，未免有些对不住沙里诚挚的态度，于是久美子选择露出得体的微笑，像个从容不迫的前辈一般回答道：

"谢谢，听到你这么说我很高兴。"

久美子打开高三三班的教室大门，低音声部的人已经全部到齐了。后辈部员都坐在座位上，戴着红色眼镜的绿辉则站在最前方的讲台上。一看到这般光景，久美子便立刻明白了状况。

"又是吹奏乐部讲座？"

"今天的主题是'关西大赛的竞争对手'，咳咳！"

绿辉清了清嗓，挺起小胸脯。美玲和纱月在她身后往黑板上贴了一张海报纸。久美子快速走到叶月旁边的座位坐下，坐在她前排的真由正在用手转着笔。

绿辉装模作样地轻轻扶了一下镜框，将圆珠笔当作教棍，隔着海报纸敲了敲黑板。

"就在不久前，大阪出现了被称为'三强'的学校。他们技术精湛，就算在全国范围内也是能拿到金奖的水平。这三所学校每年都独占全国大赛的三个名额，因此得到了'三强'这个称呼，他们分别是大阪东照高中、明静工科高中、秀塔大学附属高中。"

"但是去年，京都的龙圣学园也进了全国大赛吧？"雀半举着手，开口问道。

"没错。"叶月点头附和，"听到龙圣成为关西代表的时候，我真的大吃一惊！整个会场都沸腾了。"

"在那之前，龙圣学园并不是强校吗？"佳穗疑惑地歪着头。

"只是一所水平普普通通的学校哦。对吧，求？"奏说着，特意转过身去向求求证。

"……为什么问我？"

"因为求原来就在龙圣学园的初中部嘛，对龙圣的事情不应该很熟悉吗？"

"嗯，稍微了解一些。"

求仿佛在说自己没有心情回答一样，把脸转向另一边，微微绷紧的脖颈露出凸起的喉结。他用右手捂住脖颈，试图掩盖情绪的变化。

"真是的啦，现在先好好听我讲话！"

绿辉不满地鼓起脸颊，用圆珠笔敲了好几次黑板。她闹别扭似的举动是想把大家的注意力从求的身上拉回来吧。果不其然，高一部员立刻重新看向讲台。

"这是小美和小纱给大家画的表，上方的标题栏是学校名称，左边这一列是年份。学校的话有刚才提到的三强，再加上龙圣学园和北宇治高中这五所，都看得清楚吗？"绿辉用圆珠笔指向写着北宇治高中的地方。

"看得清楚——"雀和弥生回答道。

"那么接下来我说明一下近几年各校竞争关西代表的情况。刚才也提到了，全国大赛的名额连续几年都被大阪的三所强校占据，而打破这种平衡的正是两年前的北宇治高中。泷老师来到北宇治后，我们一鼓作气跻身强校的行列。"

"哇！"

"两年前，晋级全国大赛的三所学校分别是大阪东照高中、明静工科高中和北宇治高中。那一年，秀大附属很遗憾地错失了机会，而龙圣学园则只获得了京都大赛的铜奖。"

绿辉在写着各个学校名称的那一栏，飞快地用笔画上"〇"和"×"。油性笔划过光滑的纸面，发出令人不悦的声响。

"那之后的第二年，也就是去年，北宇治作为强校之一，被其他学校视为劲敌，我们就在这种氛围中向全国大赛发起了挑战。然而，去年成为关西代表的是蝉联的明工、一雪前耻的秀大附属以及'黑马'龙圣学园。北宇治出人意料地没能进入全国大赛，不过另一方面，大阪东照的落选对吹奏乐乐迷来说更是一个冲击性的新闻。这一年，明工和龙圣学园在全国大赛上都拿到了金奖。"

绿辉再次在表上画下记号。弥生双手抱胸，身体向后仰去。

"这也太厉害吧，听上去好像没有任何学校能威胁到大阪明工。"

"只看结果的话可能会有这样的感觉，但其实去年的明工很不容易，他们原本的顾问老师转去指导其他学校了。"

"还有这样的事？"

"此前小源老师一直是明工最有名的顾问哦。他两年前从明工辞职，去年成为龙圣学园的特别顾问。"

"什……什么？！也就是说，那个所谓的小源老师在培养出一所强校后，又去了其他学校，并把那所学校也指导成了强校？"

"小雀，谢谢你概括得这么有条理。"

吹奏乐部的演奏水平很容易受到指导老师的影响。就像运动部的学生会因为有优秀的教练而选择某所学校一样，不少吹奏乐部部员也会为了拜在出色的指导老师门下，而选择进入强校。

龙圣学园高中部的特别顾问——月永源一郎，无疑是一位优秀的指导老师，他连年的战绩更是说明了这一点。

绿辉短暂地叹了口气。

"顾问的更换造成的影响非同小可。北宇治在迎来泷老师后成了强校，反过来说，强校在更换指导者后也有可能丧失竞争力。因此绝大多数情况下，全国顶尖水准的学校的指导老师离开后，校方会仔细挑选接任的老师。而现在，明工即便没有了小源老师，依旧拿到了全国金奖。"

"总之，今年北宇治若想晋级全国大赛，就需要战胜那里写着的所有学校，对吧？什么三强啊，龙圣啊，将他们一举击败！"雀嘴上说着，像打拳击似的在空中挥舞了两下拳头。

"真可靠呀。"纱月笑着说，也不知是开玩笑还是认真的。

美玲揭下海报纸的一角，把脸转向绿辉。两个人的身高相差近二十厘米，怎么看都像是美玲在俯视着她。

"绿学姐，这个怎么处理？"

"就贴在后面的黑板上吧，一直贴到关西大赛。正所谓'知己知彼，百战不殆'。"

绿辉意气风发地说完后突然大叫一声，似是想起了什么。她拔下红色记号笔的笔盖，"唰唰"地写了起来，空气中飘荡着油性墨水的味道。

"这个可不能忘了。"

绿辉一边说，一边在今年的北宇治那一栏里画上"○"。

红色的记号在一堆黑色标记中格外醒目。

低音♭B踩着节拍器的拍子缓缓流淌。这是不按活塞，空管状态下发出的声音。接下来左手按第四活塞，依音阶顺序每个音拖八拍，到了High♭B仍继续往高吹。久美子想知道自己能吹出来的最高音与最低音分别在哪里。

个人练习时，久美子一定会从基础练习开始。优美的长音，干净利落的吐音，连贯丝滑的唇连音……即便是每天都练习的乐谱也丝毫不懈怠。要是敷衍应付，练习多少都不会有效果。

"嗯，吹得不错嘛。"

纱月从刚才开始就一直在指导弥生和雀。B组的纱月指导A组的雀，虽然这光景看着有些奇怪，但要论吹奏技巧，雀的水平确实不及纱月。

"接下来是渐强音和渐弱音。用四拍提到最强，空四拍，再用四拍减到最弱，然后重复这个过程。"

"好的。"

桌上的节拍器响起，纱月跟着节奏数着"一、二、三、四"，随后弥生和雀同时吹响了大号。虽然两人的声音混在一起，但也能立刻分辨出哪个是雀吹的。此时前辈们也正在练习，但上低音号、大号和低音提琴的声音无一不被淹没在那浑厚的低音中，如同巨大的卡车行驶而过，和悦耳完全搭不上边。

"釜屋同学，声音太大了！"

奏不由得插嘴打断了演奏。雀吹出的最大音量有多惊人，也不是现在才知道，低音声部的所有人都早已习以为常。

美玲轻轻摇了摇头。

"这个练习就是为了吹出最强音，所以釜屋同学现在这么练习没关系，只是等到比赛的时候，最多用七分的音量就够了。"

"小雀能吹出来的音量范围真广呢。"

真由把银色的上低音号放在膝盖上，苦笑着说。正如她所说，燕的强项就是大音量，但不加以控制和调节的话是无法用于演奏曲目的，况且在正式比赛中也几乎没有这个机会。即便雀控制在七分左右，也差不多相当于美玲和叶月两个人的音量了。

"对雀来说，如何让声音变弱反而是个难题吧？"

弥生耸了耸肩。雀摸着脑袋，吐了吐舌头敷衍过去。

"声音辨识度高的话很适合吹爵士乐呢，比如像*Sing Sing Sing*这样的曲子，雀吹起来肯定很帅。"

"真的吗？！那部长，下次演奏会请一定把这首曲子安排上。"

"慢慢来，演奏会之前还有比赛。小雀只要不吹最强音，声音还是很优美的，今后你的课题就是如何渐弱音量。"

"作为一年级生，我一心向上、全力以赴！"雀激动地举起拳头。

"说得好！"佳穗跟着鼓起掌。爱笑的佳穗一直是低音声部里活跃气氛的人，她话不多，总是微笑着聆听大家发言。

"好！大家都很有干劲呀，大号声部加油吧！"

"是！"

叶月说完，纱月、雀和弥生都朝天高举起了拳头。由于京都大赛的选拔结果，大号声部里的前后辈关系变得有些复杂，但好在这几个人都性格开朗，从没发生过矛盾。

"有干劲是好事，但大家得拿出结果来。"

只有美玲一个人保持着冷静。大号四人组爽快地附和着。今天的低音声部，也洋溢着和睦的气氛。

把头靠在玻璃窗上，可以感受到列车行驶中的微小震动。车厢里开着冷气，因为是清晨，所以几乎没什么人。久美子很喜欢京阪电车上松松软软的坐垫，坐起来很舒服，似乎连整个空间都变得舒适起来。

"后天就是盂兰盆节假期了吧？久美子有什么计划吗？"

坐在久美子旁边的丽奈一边翻着英语参考书一边问道。早上刺眼的阳光从对面的车窗照进来，久美子不禁蹙眉。

"嗯……还没有定。丽奈是不是很忙？你之前不是说过要多加几节小号课嘛。"

"嗯，因为得准备考试，而且以后早回家的次数也会变多。"

"你的实力那么强，没必要一定留下来练习。"

"我在意的不是这个。"

丽奈将手放在膝盖上，身体微微前倾。久美子催她说下去。

"那是什么？"

"是……"丽奈很少见地顿了顿，嘴巴嗫动着，好像有些焦躁。她用手指卷起落在脸颊旁的黑发，用膝盖轻轻碰了碰久美子的大腿。

"真是的！"

"什么嘛，不讲理。"

"就是说，和你一起回家的次数要变少了！"

"啊，原来是这么可爱的原因。"

"你这是在笑话我吧？"

"你误会了。不能和丽奈一起回家，我也感到很寂寞哦。"

"骗人。"

"欸？是真的呀。"

见久美子慌慌张张地挺起身，丽奈"噗"的一声笑了出来，她用参考书遮住脸，笑得身体不停地抖动。

"真是的，丽奈太欺负人了。"

"那我可不如你。"

"你好意思说吗……"

对话往奇怪的方向发展，久美子也跟着笑了起来。丽奈合上参考书，抬起头，缓缓睁开眼睛，眼中映出朝阳的光辉。

"今年不去游泳吗？"

"好意外，丽奈很期待去吗？"

"因为我们特意买了同款泳衣啊。"

"那今年我来问问大家吧。邀请低音声部的人一起去，应该会很开心。"

"嗯，比如真由她们。"

听到丽奈不经意间说出的名字，久美子不禁倒吸了一口气。丽奈从什么时候开始这么亲切地称呼真由了？

　　或许是久美子不小心将惊讶表现在了脸上，丽奈有些奇怪地歪了歪头。

　　"因为你说低音声部，所以我以为你会邀请她。"

　　"欸？啊……嗯，当然会邀请她，还有燕她们，毕竟机会难得。"

　　"久美子也穿去年买的那身泳衣吧？"

　　"嗯，正好和丽奈的搭配嘛。"

　　丽奈用手托着腮，从久美子身上移开目光，她轻哼一声，悄悄红了耳根。

　　久美子她们到学校时，音乐教室早已开门。单簧管和大号的声音从二楼的窗户传出，今天还很罕见地混入了小号声。

　　"早上好。"

　　一拉开门就听见三种乐器的声音，在练习的是雀和沙里，还有二年级的小日向梦。梦一看见丽奈，便马上低头打招呼。

　　"部长和高坂学姐都来得好早啊。"

　　"小梦才是，今天这么早就开始练习了吗？"

　　"盂兰盆节假期开始后就没有机会练习了，所以我想趁现在多练一会儿，不然变得生疏就不好了。"

　　"小梦应该没什么问题吧？"

　　"没有没有，我还差得远。啊！刚才那句话我收回！加部学姐提醒过我，不能在后辈面前说消极的话。"

梦猛然回过神来，用手捂住了嘴。去年毕业的加部友惠曾是小号声部的部员，后来因为生病，便放弃了演奏成为社团经理。她很会照顾人，一直关照着容易消极的梦。

　　"你刚才吹的是小号独奏的部分吗？"久美子问。

　　梦不好意思地看了一眼丽奈，丽奈却丝毫没放在心上，径直坐到自己的位置上翻开了曲谱。

　　"那个……因为有选拔，以防万一……"

　　"真勤奋呢。"

　　"因为我很喜欢练习，也很喜欢吹奏乐部，有机会的话希望能进入全国大赛。"

　　"'有机会的话'这五个字多余了。"一直沉默地听着她们对话的丽奈抬头望向久美子和梦。

　　"啊！对不起！"梦几乎要跳起来。这时，音乐教室的门开了。

　　"早上好——唔——"

　　梨梨花夸张地伸了个懒腰，奏则提起裙摆恭恭敬敬地行了一礼。

　　"大家早安。"

　　"是，早安早安！"叶月脚步匆匆地跑进音乐教室。

　　"大家早上好！"她身后传来绿辉精力充沛的声音。

　　"你们两个，今天比以往都要早呢。"

　　"快到盂兰盆节假期了呀，得趁现在赶紧练习。"

　　"看来大家都想到一块儿去了呢。"

久美子看了看叶月，又看了看雀，这两人都害羞地挠了挠头。

奏走进窗边，拉开低音声部席位旁的窗帘。阳光被大号反射到墙上，隐隐浮现出光斑。奏用脚尖踩住地毯的线头，嘴角勾出一抹微笑。

"久美子学姐，盂兰盆节假期有什么计划吗？"

"啊，我想起来了。刚才我和丽奈商量了一下，今年大家还一起去游泳怎么样？"

"太棒了！把一年级的也都带上吧！"叶月第一个表示赞同。

"太好了！"雀高兴得蹦了起来，"我姐姐也会一起去的对吧？"

"我就知道你会这么说。"沙里无奈地用手撑着额头。

"Sary也要一起！"雀不容反驳地帮沙里做了决定。

"欢迎Sary也一起来，如果还有其他想邀请的人也可以哦。低音声部的高二、高三部员去年已经去过了，大家应该都会来……啊，当然，梨梨花和小梦也可以加入。"

"哇，今年能和前辈们一起玩！太开心了！"

梨梨花用手掩着嘴，"呼呼"地笑了起来。在她身后，梦把头摇得像拨浪鼓，似是在说"我不喜欢穿泳衣，还是算了吧"。

奏窃笑着，眼睛弯成了月牙，就像一只发现猎物的猫。

"我很想看看小日向同学穿泳装的样子呢。"

"欸？！饶了我吧……"

"一定很适合。"

"小奏，不要欺负小梦啦。"

"这可不是欺负她,是朋友间的正常交流哦。"

奏露出意味深长的笑容。梦把脸藏在曲谱架后面,试图避开目光。这两个人从高一开始就一直这样。

见猎物逃走,奏重振精神再次看向大家。

"为了答谢这次邀约,我也向大家发出邀请。"

"邀请?"

回答久美子的是梨梨花。

"是这样的,盂兰盆节放假的第一天,有一场面向所有高中生的大学校园活动,很多关西的私立大学都会参加,现场可以拿到许多大学的宣传手册哦。我和奏想去参加,但只有我们两个高二学生去的话心里有些没底,要是前辈们也能一起去就太好啦。"

久美子早就听说了这场活动。各所大学将在巨大的会场内设立单独的展台,然后举行升学咨询和说明会。

"居然有这样的活动,我也想去!"

久美子感到肩膀突然传来一股冲击力,她回过头,见叶月整个人都挂在自己背上。

"那叶月学姐也一起去吧,听说还能拿到大学食堂的免费甜品券!"

"原来梨梨琳真正的目的是这个?"

"才不是啦,不过不拿白不拿嘛。"

梨梨花天真无邪地笑着。对她来说,高考还是很遥远的事。久美子轻轻把叶月的手拿开，小声叹了口气。曾经，久美子也以为那是很遥远的未来，但回过神来却已近在眼前。

琴槌在木质琴键上敲击，发出马林巴琴独特的灵动音色，宛如精灵的脚步。四根琴槌完美再现了琴谱的标识，华丽而绵密的音阶循序渐进，构成精彩的独奏压轴。不仅节奏快速准确，每个音符都被处理得干净利落。

自选曲目《一年四季之诗，为吹奏乐而作》有四个乐章，第二乐章的主题是《夏，荣光的讴歌》。在这般气势磅礴的主题下，各种乐器依次登场。旋律行至最激烈处，正是单簧管齐奏和马林巴琴独奏。顺便一提，齐奏不仅指全体演奏者的合奏，也指代某声部的合奏。

"马林巴琴结束后的衔接部分处理得有些粗糙。这里和中音单簧管合奏的乐器……低音单簧管、次中音萨克斯和上低音萨克斯单独来一次。"

"是。"

泷"哗啦哗啦"地翻着总谱。因为是休假前的最后一天，他在指导上比以往更加费心。《一年四季之诗》中要数第二乐章和第四乐章的结构最为复杂，尤其是木管乐器的连音，比其他曲谱要多得多，一旦指法出错，后面的旋律将会跟着全部崩盘，让人不禁绷紧神经。

"……三、四。"

大家跟随泷的节拍，吹响指定的乐器。

"十六分音符的衔接再细致一些。不能为了方便吹奏而改变节拍，这称不上还原乐谱，必须让所有音符的节拍都均等。下面放慢速度，各种乐器分开来练一遍吧，从中音单簧管开始。"

"是。"

由于吹奏人数的减少，原本杂乱的旋律渐渐变得清晰了起来，合奏时蒙混过关的微小错误都被泷一一指明、改正。

"再来一遍。"

"是！"部员应道，又开始重复同样的旋律。就算不竖起耳朵凝神去分辨，也能听出有所改善，那些细微的不和谐音明显没有了。

"很好，接下来全体从头开始吹一遍第二乐章。"

"是！"

久美子拿起躺在膝上的上低音号，将吹嘴贴上嘴唇。泷手中的指挥棒向上一挑，呼吸声顿时穿透管身，回荡在整个空间。

合奏练习结束后，要对教室进行大扫除。从音乐教室开始，乐器室、走廊、声部练习室都需要一一清扫。穿着校服难免弄脏，于是大家几乎都换上了运动服、T恤，或是学校统一发放的体操服。

首先要把音乐教室里的东西都搬到走廊上去，像桌子、椅子、地毯，以及用作指挥台的木箱，等等。然后要将沉积的灰尘扫干净，再用拖布把木地板擦拭一遍。

角落里摆放着板擦专用的吸尘装置，久美子拿起板擦，把沾了粉笔灰的一面按到指定位置，随着"咻咻咻"的尖锐声音，粉笔灰被机器吸得干干净净。

"哦！大家很努力嘛！"

这个声音似曾相识，不过似乎不应该出现在这个地方。久美子条件反射般"啪"的一下关掉吸尘装置，回过头去，只见门口站着两位熟识的人。

"好像多了好多部员啊，不愧是黄前部长，厉害！"

"话说，这屋子里也太多灰了吧？窗户再开大点啊。"

毫无顾忌地大声说话的正是毕业生中川夏纪和吉川优子，她们都穿着便服，可以看出对衣服的喜好完全相反。夏纪穿着宽松的黑色T恤，搭配短款破洞牛仔裤，是很帅气的中性打扮。优子则穿得很淑女，白色罩衫配粉色百褶裙。然而尽管如此，两人扎头发的发饰似乎是同一款。

"这家伙是学我的！"优子马上先发制人，明明大家还什么都没说。真是敏锐的观察力。

"我可没学你，难道不是你先学的我吗？"

"什么？！"

"真是的，原来优子这么喜欢我呀。"

"你是笨蛋吗你是笨蛋吗你是笨蛋吗？！"

"哇，一气呵成，肺活量不错。"

夏纪挑衅般地鼓起掌，优子气势汹汹地作势要动手。久美子实在看不下去了，插话道："学姐们，请到此为止吧……我们倒是习惯了，不过会吓到高一部员的哦。"

两人相视一望，又环顾了一圈四周。原本正忙着打扫卫生的高一部员都被这两位不速之客吓了一跳，停下了手中的动作。而其他人已司空见惯，早就回到清扫工作中了。

"学姐今天来有什么事吗？今天只剩下大扫除了。"久美子问道。

优子穿着客人用的拖鞋，用脚尖顶着鞋左右摇晃。

"我们给可爱的后辈们送慰问品来了呀——"

"来！噔噔噔——"

夏纪从走廊搬进来三个冷藏保温箱。优子打开盖子，里面塞满了盒装雪糕。五颜六色的包装向外散发着阵阵凉气，令人心生愉悦，久美子不由得两眼发光。

"这真是……学姐们真是天使！"

"是吧？有如此善良优秀的前辈，你们可要心怀感激哟——"

优子得意地挺起胸脯，夏纪补充道："这些可是我和你 AA 的。"

"不管怎么样，先休息二十分钟吧。好不容易买来的雪糕，化掉就太可惜了……那么从现在开始休息到四点！前辈们带来了慰问品，把在外面打扫卫生的部员也叫来一起吃吧。"

前半句是对优子她们说的，后半句是对着在场的部员们喊的。得益于"雪糕效应"，大家集合的速度比平时快得多。

水果味和苏打味的冰棒，一口大小、裹着巧克力脆皮的香草雪糕……给每个人分发完，音乐教室里的空气似乎都变得香甜了。

"优子学姐，好久不见。"

穿着体操服的丽奈轻轻点头打了声招呼。今天为了打扫方便，她把头发扎成了一束马尾。

"学妹，好久不见。领队做得还得心应手吗？"

优子含笑的眼神比学生时代温柔了许多，或许是她微微下垂的棕色眼线给了人如此感受。

"姑且在用自己的方法努力着。"

"高坂要是这么说就一定错不了，日出节的时候你表现得很不错哦。"

"学姐来看了吗？"

"嗯，毕竟机会难得。好怀念啊，虽然前不久才刚刚毕业。"

优子的手举到半空，一张一合。站在她旁边的夏纪瞳孔一颤。

"北宇治……今年怎么样？能晋级全国大赛吗？"优子开口了。

"我们的目标是全国大赛金奖，正为此努力着。"

丽奈干脆地答道，目光笔直地看着眼前的学姐。

"呼——"优子紧绷的身体放松了下来，"那就好。全国大赛的时候我们会去给大家加油的，虽然不知道能不能抽到入场券。"

"要是知道优子学姐会来，大家一定很高兴。"

"高坂也学会奉承了？真难得——"

"这不是奉承，是真心话。"

听到丽奈的回答，优子指尖一动。"啊——"她抱着胳膊，眉间轻蹙，低吟一声。这副样子十有八九是害羞了。

"居然能听到那两个人这样说话，放在两年前真是想都不敢想啊。"

夏纪叼着冰棒，将手臂搭在久美子的肩上。久美子正小口咬着草莓味的冰棒。

"丽奈和优子学姐都变了呢。当然，是变得更好了。"

"要是这么说，久美子不也变了吗？"

"是吗？"

"换成刚入学时的你，我可不会让你来当部长。"

夏纪笑着说，露出洁白的牙齿。尖尖的小虎牙正是她的魅力点。

"对了，明天开始就是盂兰盆节假期吧，你大后天有空吗？"

"大后天？"

盂兰盆节放三天假，其中两天都已经排满了。明天和梨梨花约好了去参加大学校园活动，后天和大家一起去游泳。虽然第三天没有安排，但那天有花火大会。不过也没和谁约好一起去，大概没什么问题。

"目前还没有安排。"

"那正好。其实大后天，霙所在的音乐大学要举办一场演奏会，而且是难得一见的露天演出，我想着要不大家一起去看。"

"'大家'是指？"

"我、优子，还有希美。我这里还有两张票，高坂和久美子要是有空的话，要不要一起去？"

"很感谢学姐邀请我，不过为什么是我们两个呢？"

和考入同一所大学的优子、夏纪、希美三人不同，霙去了京都府内的一所音乐大学。那是泷、新山和桥本的母校，久美子和丽奈也曾去参观过。

夏纪咬了一口冰棒，轻轻舔了舔嘴角。

"因为我想如果你们两个能来的话，霙一定很开心。"

"这样啊。"

"你们的关系不是很好嘛，是同甘共苦的伙伴吧？"

"按照这个理论，吹奏乐部所有人都是好朋友了……"

"好啦好啦，不要在意这些细节。去，还是不去？"

答案无须细想。

"既然有机会，当然去。"

"OK！霙肯定很高兴。"

夏纪伸出手，揉乱了久美子的头发。这个感觉真让人怀念。久美子"噗"的一声笑出来，见状，夏纪喊道："喂喂，不要把冰棒弄掉了啊！"

"咦，这不是夏纪学姐吗？"

奏突然从走廊的窗户边探出头。

"奏，好久不见啊。吃雪糕了吗？"

"我正在减肥，就不吃了。"

"说什么呢，年轻人就得多吃点！"

夏纪从保温箱中拿出雪糕，硬塞给奏。包装隐隐透着一股凉气。

"凉死了。"奏嘟起嘴，但心里似乎并非不情愿。

"太好了呢，小奏。"

"一点都不好……"

奏把脸别向一边，夏纪则露出一脸得意的坏笑。"心里明明很高兴。"听见前辈的调侃，奏立刻予以否定。

假期第一天。大学校园活动的会场在地铁东西线的东山站附近，周边有平安神宫、动物园和美术馆，那片区域聚集了很多文化设施。

会场里人头攒动，穿着各色校服的学生们来来往往。白色西装配蓝色领带，红黑格子百褶裙，带绿色条纹的棕色西裤……那些平时没怎么见过的校服，有可能来自府外的学校。

"我已经想好要去哪所学校的展位了！学姐们呢？"

被梨梨花这么一问，久美子和叶月有些不知所措，她们还什么都没考虑。

"学姐们已经高三了，想看的东西和我们肯定不一样。现在开始自由活动，两个小时后在会馆前集合怎么样？"奏满面笑容，眼睛弯成了月牙。

"嗯，也可以。"

"那待会儿见。"

梨梨花和奏快步走向目标展位，目送二人离开后，久美子和叶月相视一望。叶月用来别住刘海的发夹无精打采地向下倾斜着。

"叶月，你有想去的吗？"

"呃……我还没想好，要不先去那边看看？"

她指向的展位是关西一所以"学生人数第一"而著称的私立大学，在校生数量甚至超过附近街道的人口数。

展位搭建成小型舞台的模样，不同展位以隔板相隔，每间摆放着五十多张折叠椅，椅子下面放着装了大学宣传手册和赠品的信封。学生们需要按照指示坐到座位上，然后观看投屏。

到了时间，屏幕上便开始播放影像。从学校简介开始，再到社团活动介绍、课程介绍，还包括在校生和毕业生的采访。快乐的校园生活、毕业生就业情况、同伴、发展方向、未来……充满希望的词语从眼前一一闪过。久美子坐在折叠椅上，心中油然生出一股想立刻付诸行动的冲动，后脖颈传来火辣辣的刺痛。像这样安于现状就行了吗？内心深处翻涌而起的焦躁感刺激着久美子的五脏六腑。

吸进肺腑的空气万分沉重。安于现状，当然不行。

"唉……给我造成的精神伤害太大了……"

久美子和叶月早早从会场脱身，走进附近的咖啡馆。凉爽的店内没什么客人，与刚才所在的空间简直天差地别。久美子抿了一口奶昔，靠在靠背上，舒展了一下全身的筋骨。坐在她对面的叶月筋疲力尽地趴在桌子上。

"好难受啊。这么多人，简直和元旦时的八坂神社一样。"

挂在墙上的复古时钟的指针指向下午两点，距离集合时间还有一个多小时。

"叶月怎么样？想去的展位都去过了吗？"

"想看的都看了，但人太多了，真受不了。居然有这么多学生，不是说现在是'少子化'吗……"

"一想到这里所有人都要参加入学考试，总觉得有些不可思议呢。大家都在考虑升学的问题，都来到了同一个地方。"

"我倒是没有那种感觉，只是觉得要是不脚踏实地地努力，还真不行。"

叶月的平底鞋鞋跟"啪嗒"一声踩在地面上，她轻轻含住插在冰激凌苏打里的红色吸管。白色气泡徐徐升起，旋即淹没在快要融化的冰激凌海洋里。

"是时候下定决心了。"

"嗯，已经快没什么时间了。"

叶月拿起吸管的一端，一圈圈地沿着杯沿搅动着上半部分，冰激凌好似跳起了芭蕾舞。

"我一直都在想，自己果然还是不适合普通的大学。今天下定决心了！我要考进短期大学，可以拿到保育员[1]资格证的那种。"

"保育员？"

叶月没有理会久美子的反问，沉浸在自己的世界里点了点头。

"哎呀，下定决心后就轻松多了，之前烦恼得不行。"

"等……等一下！升学的事情就这么决定了吗？话说，你真的想当保育员吗？"

"想当保育员是最近的事，就在暑假前。美知惠老师也向我提议过这所学校，问我怎么想。"

叶月从包里取出一份宣传手册，是刚才在活动中拿到的。那是一所京都府内的佛教私立大学，设立了很多福祉相关的专业，好像还设有短期大学。

叶月翻开厚实的册子，找到教育专业那一页，上面写着除了有专门课程可以取得小学、初中、高中的教师资格，还可以在短期大学取得保育员资格。

"她说'加藤同学很会照顾人，也善于和小孩子相处，所以从事和孩子们有关的工作怎么样'。"

"你这是在模仿美知惠老师？"

"很像吧？哈哈。"

"嗯……我给四十分。"

1　在托幼园所、社会福利及其他保育机构中，从事儿童基本生活照料、保健、自理能力培养和辅助教育工作的人员。——译者注

"真苛刻。"

叶月忍不住大笑。久美子用手指按着册子，深深叹了口气。

"美知惠老师也给了我很多建议。难道她为自己负责的所有学生都考虑了升学方向吗？"

"应该是吧，她还跟我说了很多其他的，比如'最后随着心情，交给一时的冲动也是个办法'。"

"我正相反。她对我说了类似'努力减少负面因素其实也很重要'之类的话。"

"因为久美子太爱操心了吧？或许她的意思是，在决定未来方向发展时，不一定非要找一个积极向上的理由，朝着减少焦虑和不安这个方向去考虑也可以。"

"或许吧，没想到美知惠老师这么温柔。"

"虽然被称作'鬼军曹'，但她很受学生爱戴。我觉得能成为她的学生很幸运。"

叶月说着，把吸管插进冰激凌中。她的声音无忧无虑。

"的确。要是换了班主任老师，高中生活也会完全不一样吧。"

"久美子要是当了学校的老师，肯定很有趣。"

"欸？为什么突然这么说？"

"没有，就是突然想到了。久美子当部长的时候经常站在讲台上说话，不过完全没有违和感。咳咳，黄前老师刚上任，穿着一身西装站在教室前面说道：'这是什么？'"

　　叶月学着以前泷说话的样子，故意压低声音，还把红色吸管从玻璃杯里拿出来，用来当教鞭。久美子不由得笑弯了腰。

　　"这个模仿我给三十分。"

　　"不不，这可是在模仿你学泷老师说话的样子，看在艺术价值的份上好歹多给几分吧。"

　　"那四十五分。"

　　"不合理呀。"

　　叶月把吸管重新插回去，喝了一口哈密瓜苏打。浅绿色的波浪在透明玻璃杯里摇荡，久美子慢慢移开目光。桌子上的小册子一直摊开着。

　　叶月已经下定决心了，只剩下自己悬而未决。这个事实比想象中更让久美子的内心动摇不安。

　　"怎么了？"

　　"没什么。"

　　久美子喝了一口奶昔，润了润喉咙。黏腻的甜味残存在口腔里，带来些许不快感。

　　一回到家，久美子就看见玄关处摆放着巨大的旅行箱，一双缀满圆形亮片的凉鞋随意地躺在地上。久美子提起鞋跟，轻轻摆放整齐。不用猜也知道鞋子的主人是谁。

　　"啊，久美子，你回来了。"

客厅沙发后面露出一个黑色的后脑勺，马尾辫不安分地晃动着，转过来是一张化了浓妆的脸。这是现在离开家，正在美容专门学校学习的姐姐，麻美子。她把几缕头发挑染成了醒目的金色。

"姐姐，你回来了？"

"嗯，在家里过盂兰盆节假期。"

"吓我一跳，没想到你在家。"

久美子把书包放到地板上，空出一个人的位置，和麻美子坐到一张沙发上。久美子之所以这么惊讶，是因为麻美子之前从大学退学，和父亲起了矛盾，有段时间都没有回家了。虽然她知道姐姐为了与父亲和好，往家里打过几次电话，但没想到关系已经缓和了这么多。想起一年前在家庭餐厅意外相遇时的事，久美子感慨颇深。

"久美子，活动怎么样？志愿学校定下来了吗？"

母亲从厨房出来，拿出三个杯子放到桌子上。

"什么活动？"麻美子歪了歪头。

"大学校园活动，久美子好像一直在烦恼要去哪所学校。"

"还在纠结吗？已经暑假了哦，是不是有些太晚了？"

"一月才开始考试，所以还有时间。话说回来，爸爸呢？"

"你爸在泡澡。麻美子带了沐浴液伴手礼回来，今天他心情不错。"

"你们真的和好了？"

"能像今天这样，可费了好长时间呢。"

听到麻美子的话，母亲深深地点了点头。她一直夹在丈夫和女儿中间，相比于久美子，一定承担了更多的压力。

"我和爸爸的事就不说了，现在最重要的是久美子的升学问题。"

"好不容易才岔开话题……"

"现在立刻把模拟考试的成绩表拿来给我看看，要最近的。"

"真是的……"

久美子没有办法，把包里的东西一股脑儿拿出来，交给麻美子。有大学名单、今天刚拿到的宣传手册，还有封面上写着"北宇治高中干事笔记"的笔记本。

看见这堆杂乱无章的东西，麻美子眉头轻挑。

"好歹整理一下东西啊！"

"今天正好东西比较多。啊，有了有了，这是模试的成绩单。"

久美子从透明文件夹中取出一张对折的纸。

"哪个哪个？"麻美子盘好腿坐到沙发上，"成绩还行嘛，就是数学有点危险。"

"我怎么说也是个应考生。"

"考公立大学吗？考试的科目可不一样。"

"嗯……班主任老师建议我考私立大学。我想考文科大学，专业倒是什么都行。"

"妈妈我倒是希望你考公立大学，家里经济压力会小些。"

"比起让她一个人出去住，读公立大学，怎么想都是住在家里，然后去私立大学更省钱吧？而且这样的成绩考府内的私立大学应该都没问题，考公立大学的话还得让她去补习班或私塾，不然理科科目就拖后腿了。"

作为经历过高考的人，麻美子的建议十分中肯。母亲从桌子上拿过一块点心，"嘶啦"一声撕开包装袋。感受到久美子的目光后，她悠闲地说："这是麻美子买回来的哦。"

"姐姐，你现在学会买伴手礼回家了？"

"只是看到想吃的就买回来了，你也吃吧。"

"太好啦！"

伴手礼是包着馅的糯米和果子。久美子把点心放入口中慢慢咀嚼。不知是不是都在专注于吃东西，客厅陷入一阵沉默。

久美子咽下点心，能感觉到软糯的触感顺着食道滑了下去，随后她把杯子里的麦茶一饮而尽，缓缓开了口。

"今天的活动，我是和朋友一起去的。那个朋友也一直都没有决定升学方向，不过今天好像下定了决心要去短期大学，以后成为一名保育员。"

"一起去的朋友决定了升学方向，所以你感到焦虑了？"

"要说焦虑……嗯，大概吧。感觉只有自己被落下了，其他人都已经找到了想做的事情。姐姐也是，高中的时候就决定要成为美容师了吧？"

周围的朋友都说，工作要做自己喜欢的事，要眼中有光，心中有梦，让自己内心的激情化为行动去奋斗、努力。

"但我没有那样清晰的规划，我还没找到能够为之奋斗一生的东西。"

还是第一次在家人面前说丧气话，久美子感到有些难为情，她掩饰般地拿起杯子准备喝水。把自己软弱的一面暴露在他人眼前很羞耻，并且很可怕，因为一旦被否定，自己将无处可逃。

"这不是很正常吗？"

母亲若无其事的声音打断了久美子的思绪，那双布满皱纹的手接过了久美子正准备扔掉的点心包装。

"就算是妈妈我，也不是抱着想要干一辈子的想法开始做现在的工作的。工作刚好是自己喜欢的事，这样的人出乎意料地少哦，还要考虑收入、休假等因素。"

"哎呀，妈妈总是很在意这些。"

麻美子有些不满地噘起嘴。她的嘴唇涂了唇彩，在灯光下亮晶晶的。

"那是当然，妈妈不希望你做收入不稳定的工作，不想让你吃太多苦，所以收入是很重要的。"

"唉……要是我的话，比起钱，肯定会选自己喜欢的。"

"那是麻美子的选择嘛。"

麻美子挑染成金色的发丝很耀眼。她为了成为美容师这个梦想而努力奋斗，比以前更有干劲了。

"不过话说回来，活了十八年还没找到自己想做的事，这种情况真的有吗？活得也太稀里糊涂了吧？"

"你和我朋友说的一样……"

"有些话我还是要说的。你的高中生活太充实了，和朋友一起参加社团活动，为了晋级全国大赛而努力，男朋友也有了吧？你应该没有任何不满才对。"

"欸？！久美子有男朋友了？"

刚开始收拾东西的母亲突然插进话来。麻美子幸灾乐祸地笑了，她一定是喜欢看到妹妹这样手足无措的样子。

"才没有，现在没在交往。"

"分手了吗？"麻美子火上浇油。久美子瞪了姐姐一眼，似乎在说"这种话不该在父母面前说"。

"也不算分手……不，确实分手了。呃，该怎么说呢……是暂时的？"

"那算什么？"

"怎么理解都行，和姐姐又没关系。"

"我可为你的升学提了不少建议呢。"

"那个和这个又不能混为一谈……"

久美子吐出舌头，调皮地"略"了一声。不知道为什么，只要和姐姐在一起，自己的举动总变得像小孩子一样。

麻美子把扎着头发的发圈扯下来，用手揉乱了头发。从T恤领口露出的锁骨、紧致的肌肉线条、精致的红色美甲，久美子觉得姐姐很帅，不过她绝不会说出口。她在内心偷偷憧憬着麻美子的生活方式。

麻美子长长的眼睫毛上下动了动，笑着说："孩子气。"听麻美子说出这么像姐姐的话，久美子反倒有些害羞了。

　　假期第二天，天气晴朗万里无云，最高气温三十八度。根据天气预报，今天是去游泳的绝好日子。

　　"好烫！脚底要烧着了！"

　　混凝土地面上印出几个脚印，像地毯上的花纹一样，水迹一干就消失得无影无踪，等有人从泳池出来的时候又再次显现。

　　叶月光着脚走在散发热气的地面上，从身后看，她的脚跟和脚踝都被晒黑了，但脚底却格外白皙。她穿着彩色植物花纹的坦基尼[1]，很衬她小麦色的皮肤。

　　绿辉抱着巨大的游泳圈走在叶月旁边，她迈着小步子一蹦一跳，祖母绿色连体泳裙的裙摆随之微微摇晃。

　　"叶月，你的沙滩鞋呢？"

　　"我没拿，反正马上就会进泳池。"

　　"我觉得泳池离更衣室还是挺远的……等下可以放在垫子上，现在先把鞋穿上吧。"

1　Tankini，分体泳衣，无袖短上衣和比基尼下裤。——译者注

"还要来来回回穿鞋，怪麻烦的，反正下了泳池都一样。"

"嗯……那我也不穿了。"

"脱了吧脱了吧！然后快点去泳池！"

"前辈，这里不能跑步哦。"

美玲委婉地提醒兴奋不已的叶月。美玲修长的身形在地上拖出长长的影子，她在比基尼外面还穿了件防晒外套，拉链开到一半，大胆地露出双肩，可以看到黑色的肩带。

"小美！你走得太快啦！"纱月不满地鼓起脸颊，她的步幅只有美玲的一半。纱月穿着水蓝色的背心式泳衣，仔细看的话，背后还印着天使的翅膀。

"是你太慢了吧。"

"才不是呢，我已经快要跑起来了。"

"真是拿你没办法。"

美玲不情不愿地放慢脚步。纱月"嘿嘿"地笑了，像撒娇一样挽着美玲的手臂。

"小纱前辈和小美前辈关系可真好。"

高一四人组一直在旁观着，此时弥生率先感叹了一句。她们四人一起搬着巨大的鳄鱼形充气船，鳄鱼圆圆的眼睛里画着叉号，感觉有些超现实。

"我们也来展示一下我们四个的关系有多好吧！"

"有意思！"

"这是什么奇怪的对抗……"

雀穿着红色泳衣，弥生是蓝色，佳穗是黄色，沙里是桃色，她们就像漫画里登场的英雄一样，完美区分开来代表颜色。虽然泳衣的样式各不相同，但四个人凑在一起却很奇妙地给人一种统一感。

"一年级的，做好准备运动再进泳池，不然心脏会受不了。"

"是——"

听叶月这么说，四个人爽快地答道。太阳公园是一处占地宽广的个体育设施，也是日出节行进管乐表演的会场。平常只有室内泳池可以使用，但到了夏天，室外泳池便也开始对外开放。这里场地大，游泳池的种类多，相当受当地人的欢迎。

"哇！学姐们今天穿得好漂亮呀！"

背后有只手轻轻戳了一下久美子，纤细的手腕上戴着花朵手链。久美子的视线顺着手腕向上移，一件紫色的无肩带泳衣映入眼帘。满面笑容的梨梨花今天罕见地扎了双马尾。

"学姐们这是换着穿吗？真好。"

奏掩口而笑。她穿着红色交叉绑带式泳衣，背后系了蝴蝶结，看起来十分成熟。

"嗯，毕竟机会难得。"

丽奈用手指卷起马尾辫的发稍，瞥了一眼久美子。

久美子和丽奈的泳衣是去年一起买的"闺蜜装"，是同款不同颜色的挂脖比基尼，久美子选了黄色的，丽奈选了蓝色的，下身则是蕾丝花边泳裙。本来泳衣的上下身是一种颜色，但现在丽奈穿的上衣是蓝色，裙子是黄色，久美子的上衣是黄色，裙子是蓝色。久美子提议说想穿得和去年不一样，所以她们互换了裙子。

"看到两位学姐在一起，总有种安心感呢。"

"是……是吗？"

"是！真希望你们一直留在北宇治，明年也是，后年也是！"

"不要，我可不想留级。"

"丽奈，梨梨花在开玩笑啦。"

"是吗？"

"是的！"

梨梨花双手交叉抱在胸前，露出可人的笑容。奏朝两位学姐眨了眨眼。

"我倒是觉得这个玩笑若成真了也不错，久美子学姐明年还当部长怎么样？"

"绝对不要。"

"真冷漠呀。"

奏耸了耸肩。凉鞋的鞋跟踩在草坪上，微微陷了进去。

"高三部员轮流负责看管随身物品对吧？现在是釜屋学姐和黑江学姐，我们什么都不做真的没关系吗？"

"没关系，也不是所有人都一直在泳池里玩。小奏和梨梨花也是，要是累了就上来休息吧。"

"谢谢。"

奏说着，轻轻低头道谢。她纤细白皙的大腿沐浴着阳光，散发出水灵灵的光泽。

见后辈们都去了泳池，久美子和丽奈才动身前往燕所在的休息区。草坪上铺着两米宽的正方形野餐垫，是绿辉从家里拿来的，以前似乎是买给她妹妹用的，画在中央的动漫人物格外显眼。

"给，我们买回来了。"

久美子递出透明的塑料杯，里面倒上了冰镇的珍珠奶茶。她避开大家的行李，找了一块空地坐了下来。久美子拿着给燕和真由的饮料，丽奈则拿着两人份的冰激凌可丽饼。巧克力味是丽奈的，杧果味是久美子的。

"谢谢你，久美子。"

坐在垫子上的真由挪到角落里，她穿的白色连衣裙质地很薄，透出黑色比基尼。

"釜屋同学，你穿的是学校的泳衣？"

丽奈端坐着，目不转睛地盯着燕。如她所说，燕穿的藏青色泳衣是北宇治高中采购部统一购买的，披着的短外套，胸口处还印着平价运动品牌的商标。

"嗯，我没有其他泳衣。"燕垂下眉梢。

"没去买吗？"

"我也没什么机会游泳，所以觉得没必要买。小雀的话，好像今年已经是第四次来游泳了。"

"小雀好像有很多朋友呢。"

"很多哦。那孩子，从小就很开朗。"

燕低下头，用吸管喝着珍珠奶茶。她每转一次头，眼镜镜片都会反射出刺眼的阳光。久美子有点担心她脸上会不会晒出眼镜印，不过她本人似乎并毫不在意。

"久美子和丽奈的泳衣是同一款呢，真可爱。"

真由不知为何高兴地笑了起来，丽奈若无其事地点了点头。

"机会难得，所以我们想穿一样的，去年就一起买了。"

"你们两个关系真好，有点羡慕呢。"

"真由也有关系好的朋友吧？像小燕啊。"

听到自己的名字，燕肩膀一僵，镜片后的双眸里充满了不安。

真由仿佛没有注意到身边朋友的异样，微笑着回答："确实，要是没有小燕可就难办了，连一起吃饭的人也没有，所以我很感谢小燕。"

"不不不，这没什么值得感谢的。能和真由一起玩，我也很开心。"

"今天也一起来泳池玩了呢。对了，我带了相机来，可以拍一些大家的照片吗？"

真由翻了翻帆布背包，拿出胶片相机。修学旅行的时候，她走到哪儿都把这个相机带在身边。

　　"这个相机是老式的吧？"

　　丽奈靠近真由。看见她们的膝盖靠得越来越近，久美子不自觉地皱起眉头。

　　"比起数码相机，我更喜欢这个拍出来的颜色。是我爸爸给我的。"

　　"真由是因为父母的工作才转校过来的吧？"

　　"嗯，从我小时候起，他们的工作调动就很频繁，我已经习惯了。"

　　"不孤独吗？"燕问。真由摇了摇头。

　　"完全不，因为全国各地都有我的朋友啊，而且也有很多开心的事情。"

　　"那就好。"

　　"我姑妈也说我总是转校太可怜了，但我并不讨厌搬家，而且我很高兴去结识新的朋友。"

　　"我就很讨厌转校。"

　　久美子回忆起过去的经历，不由得眉头紧锁。她是小学三年级时从东京转学过来的，还记得最开始的自我介绍让她十分厌恶。

　　"久美子也有转学的经历吗？"

　　"在小学的时候。"

　　"那我们算是拥有相同经历的伙伴喽。"

　　真由自然而然地握住久美子的手，紧紧抓住她的食指和中指。久美子感到脸颊在慢慢变烫。

"真由在以前的学校也拍了很多照片吗？"

"嗯，而且全部都洗出来，保存到相册里了。我的房间里全是相册。"

"那应该也有在清良的时候的照片吧？"

"那当然，有很多合照哦，大家的关系都很好。比赛的时候每次都拍三十张左右，如果是数码相机的话得有上百张了。"

"那也就是说，也有两年前全国大赛的时候的照片了？"

丽奈插话进来，她的目光落到久美子和真由相握的手上。

"有的，因为获得了金奖，大家都很高兴。北宇治那一年是铜奖吧？比赛的时候和我们在一个会场，我不知不觉就给北宇治加油了。"

"那真是谢谢你。"

燕嘴里含着吸管，马上点了点头道谢。久美子向下瞥了一眼自己的手，两根手指依旧被真由抓着，要想装作若无其事的样子挣脱开来似乎有些困难，但丽奈的目光扎在脸上怪疼的。

"曲子我都还记得呢，北宇治的自选曲目，前年是《东海岸风景画》，去年是《利兹与青鸟》，对吧？"

"去年北宇治明明没去成全国大赛，你竟然还知道选曲？"

"那是……其实我在转学过来之前，在网上查了北宇治的演奏曲目。我也很喜欢《利兹与青鸟》，小时候爸爸总读这个故事给我听。"

真由松开久美子的手，做出翻阅绘本的姿势。温热的体温离开肌肤，久美子终于松了一口气，将左手拿着的冰激凌可丽饼送入口中。时间有点长了，饼皮变得软塌塌的。

"那个故事太悲伤了，我不是很喜欢。每次听都觉得青鸟何必那么固执，选择留下不就好了。"

燕说完，用力吸了一口被珍珠堵住的吸管。云在移动，阴阳分界线变得愈发鲜明，把手伸进阳光中能感到皮肤发烫。

"我觉得是利兹太贪心了。"

风吹来，绿色的草坪掀起波浪。真由轻轻撩起遮住眼睛的刘海，语调和平时别无二致。

"可以一起生活的动物明明有很多，却执着于一只青鸟。要是一开始不那么贪心，分别时也就不会寂寞了。"

"好意外，真由原来也有这么冷酷的一面。"

"欸？冷酷吗？久美子讨厌这样的人？"

"那倒没有。"

"什么嘛，那就好。"

真由露出笑容。她的嘴角微微上扬，眼睛眯成一道弧线，任谁看了都会觉得这是个可爱而有感染力的笑容。

"好了，不要再说我的事了。机会难得，大家一起拍张照吧。来，茄子——"

真由看向取景器，把相机镜头对准三人。久美子她们一时间没反应过来，先是面面相觑，随即摆出了胜利的手势。闪光灯一亮，眼前一瞬间白晃晃的。

真由一边卷胶卷，一边心满意足地点了点头。

"一定能留下美好的回忆。"

如此说着的真由，却没有留在照片里。

假期第三天，也是最后一天，久美子和丽奈在优子的邀请下，要参加霙所在的音乐大学举办的演奏会。

"啊，所以你才提着连衣裙在镜子前跑来跑去呀。"

麻美子一边晃动着手中的吹风机一边说道。热风吹到脖子上痒痒的，久美子无所事事地晃着双腿。

大约一小时前，麻美子说要给久美子做造型，但还没等她回答，麻美子就高高兴兴地从旅行箱里拿出一个巨大的化妆包。拉开拉链，只见包里躺着大量的化妆刷，简直就像画家的笔刷包一样。除此之外还有各色唇彩、眉笔、眼影，甚至还有黄色和紫色的口红，麻美子的收集癖可见一斑。

"不过，姐姐干吗突然提出要给我化妆呢？"

"正好可以打发时间啊。"

"不要把妹妹当做消遣的工具好吗……"

"这有什么不好的？又可以把你变得更可爱，又可以让我开心，一举两得。"

麻美子每梳一下头发，镜中的自己便不自在地扭动一下身子。像这样正经地化妆还是第一次，久美子不知该如何是好。

麻美子拿出一只靴子形状的小瓶准备大显身手，看起来相当愉悦。

"这个很可爱吧？是限定款哦。"

"姐姐还真有钱买这些啊。"

"我拼命打工赚钱买的。多长长见识，对将来的工作也有好处。"

"嘴上这么说，其实只是想买自己喜欢的东西吧？"

"自己赚的钱，这么花也没关系吧？不过就是没存款。"

"喂……"

"再这么嚣张我就给你做个奇怪的发型。"

"住手！"

久美子老老实实地闭上嘴。麻美子像哄小孩一样笑着说"真乖真乖"，用手轻抚着妹妹的头。靓丽的紫色指甲油闪过久美子的视野，撩拨着她的心弦。

"头发要扎起来吗？"

"我也不太懂，听你的吧。"

"是古典音乐会吧？那打扮得稍微成熟一点比较好。和你一起去的朋友是什么装扮？"

"不知道，没听她说起过。"

"那今天就让久美子走时尚路线，打造出反差感吧！毕竟平时太呆了。"

"姐姐，你是在把我当玩具吧……"

"欸？被你发现啦……"

愉悦的笑声好似春日阳光透过枝叶的间隙投射下来，落到久美子的膝上。她紧紧地盯着镜中的自己，麻美子手上的动作一直没有停。

烫卷的头发蓬松地扎成一束，睫毛上涂了睫毛膏，一眨眼就忽闪忽闪的。镜中的身形略显成熟，久美子看着自己的脸，心脏"扑通扑通"跳得厉害。

"嗯，最后再涂上唇彩就大功告成了。"

麻美子用蘸了红色唇彩的小刷子给久美子的嘴唇涂上颜色。"抿一下。"久美子按照姐姐的指示，轻轻抿了抿嘴。

麻美子把手放在久美子肩上，仔细盯着她的脸。

"嗯，很可爱。"

"真的吗？"

"真的真的，都想让秀一看看了。"

"和秀一有什么关系啊……"

"瞧，一下子就较真起来了。在姐姐的魔法下终于变身成美少女啦，今天自信满满地出门吧！"

"美……美少女……"

久美子喜欢夸赞别人，却不太习惯被夸赞。她轻轻拍了拍脸，试图掩饰开始发烫的脸颊。手上涂的护手霜散发出甜甜的味道。

"久美子，今天感觉和平时不一样呢。"

丽奈开口便是这句话。她们的集合地点是离音乐大学最近的车站，这里比其他车站的人多得多，视线里随处都是打扮时尚的男女。来来往往的人群中，丽奈的身影十分醒目。

散发着光泽的黑发披散在肩上，纯白色连衣裙勾勒出身体优美的曲线，藏青色高跟鞋踏出"嗒嗒嗒"的脚步声，带着韵律，让人心情愉悦。

"丽奈才是，比平时更漂亮了。"

"嗯，谢谢，但别想就这样敷衍过去。妆是你自己化的？"

"不是，是姐姐帮我化的。"

"欸，品位真不错。"

"是，是吗？"

家人被夸奖，比自己被夸奖更令久美子感到羞涩，她用食指轻抚着姐姐为自己精心烫的卷发。

"学姐们都等在检票口外面吗？"

"有可能。优子学姐和夏纪学姐说不定还在吵架呢。"

"应该不会吧，毕竟都是大学生了。"

两人谈笑着穿过检票口。此时，熟悉的声音传入耳中，随后"铛"的一声脆响，高跟鞋鞋跟踩在地上发出的声音就像竹子被一刀劈开一样。就算没看到人，也知道是吉川优子。

"所以我都说了，绝对是这个更好！设计理念就是凸显可爱！"

"怎么可能？设计太幼稚了，我绝对不会穿那种衣服。"

"是你的品位太低级了！竟然喜欢骷髅头。"

"啊？！这个很帅的好不好？！"

"你的品位是不是停留在初二了？"

"那你就是小学四年级的水平！"

"你必须给全国小学四年级的学生道歉！"

"我才没有看不起全国小学四年级学生的意思，只是说你太蠢了。"

"你说什么？！"

两个人还是一如既往地争吵着。站在一旁的希美注意到了久美子她们，招了招手。

"学妹们也顺利抵达了。"

"希美学姐，好久不见。"

"是啊，好久不见。"

希美弯起眼睛，挤出一个笑容。许久未见的希美与久美子记忆中的样子有些不同。

她标志性的马尾散开了，长长的黑发微微烫卷，披散在身后，贴身的黑色连衣裙尽显优雅的气质。

她的气场有点像新山聪美。

"优子学姐她们在吵什么？"

丽奈用手指着还在争论的两人，疑惑地歪着头。希美耸了耸肩。

"她们在大学里组建了一支乐队，每次都在方向性问题上产生分歧。"

"乐队？是小号和上低音号的乐队？"

"怎么可能。夏纪是贝斯手，优子是吉他手和主唱，她们还邀请了其他大学加入过吹奏乐部的学生，四个人组成了一支女子乐队。"

"乐队啊……"

丽奈大概感到有些意外，直眨眼睛。久美子看向还在争论中的两人。虽然组建乐队实在是有些出乎意料，不过看见她们的关系仍旧和过去一样，久美子很开心。

"希美学姐现在也还在继续音乐相关的活动吗？"久美子问。

希美静静地看向地面，用手指轻轻抚顺黑色长发的发梢。

"我进了大学的管弦乐团。"

"那就是还在吹长笛吧？"

"算是吧。"

希美点点头，双唇间隐隐露出洁白的牙齿，她腼腆羞涩的笑容里掺杂着一分苦涩。

"你们来了啊，到了就说一声嘛。"

优子似乎终于注意到了久美子她们，用手肘顶了一下夏纪的侧腹。优子穿着荷叶边连衣裙，夏纪则穿着设计简洁的女式西裤，系在黑色衬衫领口处的领带上印着青鸟的花纹。

"不是的，我想着还是不要打扰学姐们重要的谈话比较好。"

"和这家伙的谈话有什么重要的。"

"干吗这么说？诚实一点不好吗？"

"啊？！"

眼看两人马上又要吵起来，希美挤到她们中间，笑着打断了。

"行了行了，你们两个关系好大家都已经知道了，快点去会场吧。"

"说什么关系好……"

"希美总爱捉弄人。"

"没错没错。"

夏纪毫不客气地拍了拍希美的肩。优子把目光从这两人身上移开，走到久美子她们身边。

"好了，我们走吧，已经快开场了。"

"是啊，走吧。"

丽奈自然地与优子并肩而行。优子茶色的头发上别着一枚条形发夹，发夹上有个银色装饰，形似一只展翅的鸟儿。

因为有演奏会，傍晚时分的校园里依旧有很多人。虽然久美子之前来过这里，但夜幕之下的校园别有一番意境。盛装的人群中不知道有没有泷和新山，久美子不由得凝神观察。这所音乐大学也是泷他们的母校。

音乐厅在校园内，入口处可以拿到这次演奏会的节目单。久美子一行人对号入座，并排占了五个座位。虽然是靠边的座位，但舞台看得很清楚。

"霙的名字在上面呢。"

优子指着节目单的一处。今天的演奏会由新生举办，演奏者名单上大约有五十人，其中就有霙。久美子舒适地靠在椅背上，等待演奏会开始。

不久，照明暗了，场内霎时安静下来。灯光集中照亮舞台，演奏者一齐登场。数量最多的乐器是小提琴、中提琴、大提琴、低音提琴等弦乐器，中央的席位是长笛、双簧管、单簧管、巴松管，后排是圆号、长号、小号、大号。这是管弦乐队的编制，与吹奏乐队有很大不同。

久美子紧紧地捏着放在膝上的节目单，望向明亮的舞台。

站在舞台上的霙，身形与高中时相比几乎没什么变化。黑发散落在脸颊旁，娇小的身体穿着黑色礼裙。裙摆一摇，便可以隐隐窥见她雪白的脚踝。就算周围有一群人，久美子的视线还是会不自觉地被霙一人所吸引。明晃晃的灯光衬得霙的肌肤更加白皙。

久美子偷偷瞥了一眼旁边的座位。优子微微前倾身体，凝视着舞台，双手用力攥着手帕。坐在旁边的夏纪看着优子，露出苦笑。

此时希美是怎样的反应呢？久美子虽然很想知道，但若保持着现在这个姿势，她看不到隔着三个座位的希美。

指挥登上舞台，场内响起掌声。节目单上登载了演奏曲目和介绍，第一曲是《达夫妮斯与克罗埃》[1]。

返场结束后，大家为演奏者送上了热烈的掌声。久美子双手微微拢起，也用力鼓掌。舞台上的演奏者们优雅地低头行礼，随着他们的动作，掌声愈发响亮。

"啊，真是太精彩了。"

场内恢复照明后，夏纪深深地吐了一口气。观众们正在离场，出口处挤满了人。

"等到人少些的时候再走吧？"优子提议。与她还是部长的时候一样，优子的声音总是让人不自觉地想要听从。

"霙真是越来越厉害了，《达夫妮斯与克罗埃》的独奏吹得很棒。"

希美把胳膊架在椅背上，颇有感触地说，声音里还夹杂着某些其他情绪。

"我还担心她在音乐大学不能适应，看来是杞人忧天了。"

优子耸了耸肩。夏纪哈哈大笑。

"你过度保护她了吧？"

"担心一下又有什么关系？"

"我没说担心不好啊，只是说你过分担心了。"

"我早就意识到了，所以我在她本人面前有所收敛。"

1　芭蕾舞剧（舞蹈交响曲）。法国作曲家拉威尔作于1909—1912年，共三幕。——译者注

"这就算有所收敛了？"

"你什么意思嘛？！"

"没什么意思。"

夏纪佯装不知地望向别处，优子强硬地抓住她的下巴，想把她的脸扭回来。一如既往，还是希美插了句话才阻止她们继续争论。

"总觉得……好怀念啊。"

希美双手交叉举过头顶，舒展了一下筋骨，脚上的浅口皮鞋微微离开地面。优子轻咬着嘴唇，从头发上摘下装饰着飞鸟的发夹。长长的头发蓬松地散落在她的肩上。

优子把发夹递给希美。

"要用吗？"

"用来干什么？"

"头发，我以为你要扎起来。"

希美犹豫着伸出手，却在碰到发夹前忽地把手收了回去。她坚决地摇了摇头。

"不用，我这样就行。"

"真的？"

"嗯，这才是现在的我。"

"这样啊。"优子立刻作罢。

"多管闲事。"夏纪小声说。幸好优子和希美似乎都没听到。

"希美！"

音乐厅另一边传来呼喊声，久美子她们回过头，看见穿着礼裙的霙正逆着人流向这边跑来。她从人群中挤过来，穿过座位的间隙，来到久美子一行人身边，然后用双手按着胸脯，平复了一下呼吸。她红红的脸颊被黑色短发遮住了些许。

"霙，歇一歇。"优子极其自然地将手搭上她的肩。

希美捋了一下头发，盯着霙的脸。

"演奏很棒。"

闻言，霙的脸颊愈发红润。纤长的睫毛下，双眼好似装了满天星辰，闪耀着喜悦的光芒。

优子背在身后的双手悄悄用力，似乎想说些什么似的动了动嘴，最终什么也没说。"咚"的一声，夏纪重重地靠在优子的肩上。"你很重欸。"优子发了句牢骚，却没有把她推开的意思。

不顾被汗水浸湿，贴在额头的黑发，霙轻轻低下头。再次抬起时，她温柔地笑了。

"谢谢大家来听演奏会。"

霙的声音格外澄澈。这熟悉的声音，不知怎的，听起来甚是怀念。

SOUND!
EUPHONIUM

◆ 第二章
惹人心烦的音型

【北宇治高中干事笔记】

八月　第三周的星期二　　　　　　　　　　记录人：冢本秀一

　　我以前不知道合宿的准备工作居然这么麻烦，现在才真正体会到了已经毕业的前辈们有多伟大。为什么连吃饭、洗澡的时间这么琐碎的事情都得一一决定啊？唉，要是今年吹奏乐部也有经理就好了……

评论：

忍耐。（高坂）

就算写字麻烦，也拜托不要只用两个字敷衍他。（黄前）

征收部费。（高坂）

拜托也不要用四个字来联络工作。（冢本）

*

大巴每颠簸一次，久美子的身体都随之摇晃一下。阳光从窗外照进来，把她左半边身子晒得暖暖的。暑假期间的高速公路格外拥堵，部员们清晨便出发了，此刻大部分人都坠入了甜美的梦乡。每当大巴转弯，久美子就感觉胃里的东西要翻涌而出，她紧紧地抓住安全带，坐在旁边的泷看向她。

"黄前同学，你不要紧吧？"

"啊，我没事。"

实际上由于在车里读了会儿资料，久美子从刚才开始就有些不舒服。合宿地的规定有很多页，她想着得粗略看一遍就打印好带来了。虽然有些晕车，全部看完却没费多少时间。

"不要太勉强自己，合宿还没开始呢。"

"是，谢谢老师关心。"

坐在右侧的丽奈和秀一盯着小声说话的久美子和泷。看得太露骨了吧……久美子苦笑着心想。平常的话，应是秀一或者美知惠坐在泷的身边，而今天久美子坐在这个位子上，纯粹是因为泷招呼她说："黄前同学，坐这里吗？"

"……泷老师。"

"怎么了？"

"这次合宿，选拔是安排在第一天晚上吧？"

"对，第二天早上发表结果。但从日程安排上看，可能不会像上一次选拔那样有充裕的时间。"

"毕竟有上百人呢，老师听得耳朵不会累吗？"

"耳朵倒是不会，但头脑会累，虽然这不会对选拔结果造成什么影响。"

泷的声音很温柔，最后一句却掷地有声。久美子心中一惊，为了掩饰不安，她摩挲着手指。

"说起来，黄前同学好像几天前去了有铠冢同学登场的演奏会吧？我听新山老师说的。"

"啊，是的，优子学姐她们邀请我去的。"

"很高兴看到大家都这么努力。铠冢同学也是，她的未来很值得期待。"

"我觉得霙学姐能成为一名优秀的演奏家。"

"将来的事情很难断定，不过新山老师相当期待她的发展。对于我来说，毕业生们能过上幸福的生活就是最好的。"

久美子轻轻碰了碰两只脚的脚尖。学校统一发放的运动服在膝盖处堆积出一些褶皱，顺着裤脚向下看，被白袜覆盖的脚踝旁有一双擦得锃亮的黑色皮鞋。泷的脚很大，大概比秀一还大吧。

"自从去年听了铠冢同学的演奏，我想了很多。"泷用手掩着嘴，苦笑着叹了口气，"这些话可能不该向学生说。"

"不，没关系的。"

"黄前同学也是，一会儿肯定会很累，趁现在休息一下吧。"

"好……好的，谢谢老师。"

泷抱着胳膊，闭上了眼睛。久美子学着他的样子，也安静下来，闭上眼睛。大巴后方传来部员们的窃窃私语。可能是顾虑到周围正在睡觉的部员，他们的声音近乎耳语。好像有人说得很兴奋，久美子有些好奇，感觉嗅到了八卦的气息，不过她的意识却渐渐变得模糊。

到了合宿场地，第一件事就是搬运行李。先把个人行李搬到分配好的房间里去，然后再把乐器搬到大厅。高二和高三的部员很熟悉场地，所以干起来得心应手，高一部员则有些手忙脚乱。只见他们一边抬着巨大的乐器，一边盯着贴在墙上的地图找路，不过等到第三天，他们应该就能熟悉合宿场地的构造了。

"这里的大厅我们租借了三天，所以每次练习完不需要收拾椅子。请把大家把椅子摆成合奏阵形。选拔结果公布后，A组和B组将分开进行练习。任何一个人拖延了时间，都会影响到整个团队，请大家严格遵守时间！"

"是！"

久美子一下达指示，部员们便迅速行动起来。今天上午是基础合奏练习，接着是午休，下午开始木管乐器、铜管乐器、打击乐器的单独指导。晚餐在晚上六点，然后是个人练习和洗澡的时间，与此同时进行选拔。

久美子身为部长，除了以上安排还要参加干事会议、声部队长会议以及筹备娱乐活动等，工作堆积成山。

"房间是按照学年分配的，吃饭的分组也是定好的吗？"

准备工作完成后，大家可以自由支配练习开始前的时间。久美子正在试音，坐在她左边的真由一边往调音管上涂润滑油，一边如此低声问道。

"一般都是按照声部分开吃饭。洗澡的话，今年也是在选拔间隙去洗的，所以也是各个声部分开行动吧。"

"那我就能和久美子一起了呢。"

真由把脸凑近，她的刘海散发出洗发水甜甜的香气。久美子条件反射地向后躲了躲。

"嗯，是啊。"

"我好喜欢这样开心的合宿呀，总觉得有种逃离日常生活的感觉。"

"的确。不过作为部长，还是很忙的。"

"社团的干事都很不容易。要是有什么我可以帮得上忙的，随时跟我说哦。要是能帮上久美子，我什么都可以做。"

"嗯，谢谢。"

"不客气。"

说着，真由将二号调音管塞了回去，然后用布擦去漏出来的润滑油，又拔出一号调音管。

　　久美子转过头去，正对着曲谱架。她将气息送入吹嘴，随性地按下活塞，奏出规整♭B调音阶。

　　午休后，部员们先在大厅集合。泷站在指挥台上，他身边并肩站着新山聪美和桥本真博。他们二人是泷音大时期的朋友，从久美子高一起就担任北宇治的外聘指导教师。听说打击乐专业的桥本与木管专业的新山不同，他同时指导着多所学校。

　　"想必大家应该都已经认识了，但还是请两位老师重新进行一下自我介绍吧。"

　　"那我先来吧，虽然今年春天我已经来过了，似乎没必要再做一次自我介绍……我感觉自己还没有完全和打击乐声部的高一部员熟悉起来，大家可以放松些，不必叫我桥本老师，叫我小桥就可以了，有什么烦恼随时都可以来找我商量。"

　　"我也再自我介绍一下。很高兴今年能和大家一起参加合宿，我是担任木管乐器指导的新山聪美。虽然去年我们没能晋级全国大赛，但我认为北宇治的演奏毫不逊色于其他学校，《利兹与青鸟》真的很精彩。为了让今年的《一年四季之诗》也成为一场精彩的演奏，我愿尽自己的微薄之力帮助大家。"

　　新山低头行礼，部员们报以热烈的掌声。她浓密的褐色头发，随着低头的动作温柔地垂下。

　　泷轮流看了一眼两人，轻轻吐出一口气。

"今年每次参加比赛前都会举办选拔，而今天晚上我们就会定下征战关西大赛的部员，明天早上公布结果。无论上次是A组成员还是B组成员，都请不要松懈，努力练习。"

"是！"

"那么接下来与往年一样，分开进行练习。打击乐声部、木管声部、铜管声部，请在各自的练习场地集合。"

原本正襟危坐的部员们开始按照泷的指示更换地方。久美子右手拿着曲谱架，左手拿起上低音号。

"好紧张啊，今晚就开始选拔了。"

久美子听到这个声音，随即停下了脚步。双手抱着大号的雀正向邻座的纱月搭话。因为和纱月有身高差，雀的目光只能向下看。

纱月穿的运动衫比身体大了一圈，她轻轻晃着袖子。

"嗯，我也有点紧张。"

"纱月学姐，你喜欢选拔吗？"

"嗯……虽然不喜欢这种紧张感，但也不讨厌吧。我不喜欢公布结果前的那一段时间，心情简直和等待公布成绩的考生一样。"

"啊，我能体会！"

"虽然今年没能参加京都大赛，不过心情比去年轻松多啦，可能是因为叶月学姐进入A组了吧。"

"就算自己不能出场，只要叶月学姐被选进A组就很满足了的意思吗？"

雀轻轻嘟起嘴。她的穿衣风格很随性，深红色运动衫的下摆被她卷了起来，大家经常说学校的运动衫难看，但在她身上却能显出几分时尚感来。

纱月抓着大号的号身，抬头看向雀。同声部的部员们都已经离开了，只剩下她们两个。

"我这么说的话，小美可能会生气，不过……嗯，的确如此。对于小雀被选进A组的事情，我也没有什么不甘心的心情。我知道这样不好……"

"是谁说这样不好的呢？"

"小美说的。不过我知道她这是为我着想，是她独特的温柔，毕竟小美一点也不坦率。"

"小美学姐的确如此，或许这就是所谓的'傲娇'吧。"

"我倒觉得小美只是容易害羞，我马上就能领悟到她想说的其实是'加油'。"

镜片背后，雀的眼睛微微眯起，她抬了抬怀中的大号。

"我希望小纱学姐能和小美学姐一样，成为A组成员。"

"是吗？谢谢你。"

"不过我自己也很想被选进A组。今年是姐姐最后一年参加比赛了，我很想和姐姐一起站到舞台上。"

雀对姐姐强烈的情感是她的动力，也是她强大的武器，不过这份感情若是用错地方，也可能成为一把双刃剑。

"我也想和小美站在同一个舞台上。"

"那无论谁被选上了，另一方只能愿赌服输喽。"

"不过要是两个人都被选上，岂不是更好？"

"那就太贪心啦。小美学姐也说过，给大号四个名额不太可能。如果上低音号只有两个人，那倒是还有可能，但现在是三个人。"

"这样啊，也是，A组最多只能有五十五人。"

"说这些不切实际的话也没用，我们就用自己的方式加油吧！拿出把对方当作竞争对手的劲头。"

"把小雀当作竞争对手？"

"咦？你好像很不服气？"

"哈哈，开玩笑啦。"纱月伸手拍了拍雀的后背，顺势走到她身前，"快点走吧，小美她们在等着呢。"

"等一下我！"

雀匆忙追赶纱月的背影。虽然雀的步幅更大，但她丝毫没有超过学姐走到前面的意思。

"长号和上低音号的合奏，再来一遍。注意仔细听对方的声音。"

"小号，这里的持续音[1]是逐渐减弱音量，没有让你们连质量也降低。"

---

1 在多声部音乐中，某一音在和声进行时保持在同一声部，这个音称为持续音。——译者注

"圆号，这部分伴奏的十六分音符再强一些。"

"不对不对，大号，四分音符太松散了，再朝气蓬勃一点，这可是进行曲。"

"小号的第二声部很重要，要仔细听第一、第三声部的声音，有意识地配合他们，让和音变得更加优美。"

"再来一次。"

泷重复着这句话，演奏铜管乐器的部员们认真照做。泷的指示相比于京都大赛的时候更加详细，次数也更多了，原因很简单，因为B组成员也参加了合奏，现在的乐手数量是比赛时的两倍以上。明天公布选拔结果后，人数才会压缩到规定范围内。

"这个地方，大号单独吹一遍。"

叶月、美玲、纱月、雀、弥生五个人应声。在京都大赛上，叶月、美玲、雀曾作为A组成员登上了正式比赛的舞台。

五人依照泷的指挥吹奏出指定的部分。

"这是进行曲，大家可以再吹得轻快一些，不要显得过于沉重了。"

"是。"

"这个地方的伴奏是圆号吧，可以单独把这里吹一遍吗？"

配合着指挥棒，圆号吹出整齐的旋律。这期间，久美子闲了下来，她百无聊赖地看着曲谱夹。

今年的指定曲目《跳跃的猫》是一首明快的进行曲，"踩到猫了"这段家喻户晓的节奏在曲子中反复出现。这是今年最有人气的指定曲目，京都大赛上有很多学校都选择了它。这首曲子构造简单，时间也很短，只需要三分钟，也正因此才备受欢迎吧。

自选曲目《一年四季之诗，为吹奏乐而作》是一首高难度的曲子，对演奏者技术层面的要求很高，非常适合用来争夺全国大赛金奖。

实际上，在京都大赛的阶段，北宇治的自选曲目还不算成型。虽说演奏胜过了其他学校，但还没有将这首曲子演绎到极致。当时，评委大都给出了高评价，却也有不少声音指出低音还有所欠缺。

关西大赛上，北宇治将与各所强校竞争三个全国大赛的出场名额，能把《一年四季之诗》演绎到何种程度，是能否晋级的关键。

"接下来从头开始，所有人准备！"

"喹！"柔韧的指挥棒敲打在曲谱架上。"是！"久美子用力喊道，端正地架起上低音号。

食堂里，部员们按照声部分开就座。久美子坐在最角落的位子上，用手肘撑着桌子，环顾着室内。因为今年部员人数超过了百人，所以座位数也相应增加了。下午的练习才刚结束，大部分部员都很疲惫，不过其中也不乏因合宿带来的新鲜感而兴奋不已的部员。要是出了什么矛盾，久美子便需要负责解决，所以她一边注意不要破坏了大家的兴致，一边观察着四周，看有没有太过兴奋闹事的部员，有没有争吵。

"久美子学姐，辛苦了。"

餐盘"咚"的一声放了在久美子的左侧，她抬起头，看到奏正准备坐到自己旁边。奏脸上笑意盈盈的，看起来没有丝毫疲惫之色。

"啊，辛苦了。"

"每年的合宿都让人筋疲力尽呢，特别是今年，泷老师干劲十足。"

"我倒是觉得泷老师每年都这样。"

"是吗？我可不这么认为。"

奏双手合十进行了餐前礼，然后用叉子挑了一口土豆泥。咖喱饭、奶油蟹肉可乐饼、土豆沙拉、切好的橘子，这些是久美子她们今天的晚饭。

"我今年是第一次参加，才发现原来泷老师是这种风格。"

这次，声音从久美子右边传来，吃着咖喱的真由加入了她们的对话。

叶月和绿辉坐在真由的另一边，纱月和美玲坐在她们对面，正在专注地讨论着什么。高一三人组坐在离久美子较远的地方，气氛打得火热。与面带倦意的佳穗不同，雀和弥生好像还很有精神。弥生把咖喱塞得满嘴都是，然后又添了一碗。

"那是因为黑江学姐在北宇治的日子比较短。"

"已经半年了，不算短吧？对吧，真由？"

"不，小奏说得对。对于北宇治，我还是有很多不熟悉的地方，要是小奏能不吝赐教就太感谢了。"

"这是什么话，我可没有什么能教给黑江学姐的。"

"你不用顾虑太多，我也想和小奏更亲近一些。"

"呵呵，谢谢，学姐有这个想法已经让我很开心了。"

奏的眼睛弯出弧度，她用纸巾掩着嘴，所以看不出她的表情。真由微微歪着头，面带笑意。

无论过多久，奏和真由的关系都丝毫不会有变亲密的苗头。

选拔的顺序依次是木管乐器、铜管乐器、打击乐器，上低音号是从晚上九点开始。这期间，只要遵守安排好的入浴时间就行，其他时间可以自由支配。多半部员都选择进行个人练习，大厅里聚集了很多人，异常热闹。

确认了一下时间后，久美子等低音声部的高三部员便向浴室走去。浴室很小，一次只能进去一部分人。先进去的佳穗已经洗好了，她从大家旁边走过时轻轻点了点头示意，黑发散发出洗发水的香气，这是浴室公用的洗发水。

"啊……好想早点泡澡！累死人了！"

"小绿我为了今天专门买了洗发水带来，叶月要一起用吗？"

"我要我要！哇，这气味真好闻。"

"是安息香，可以让人放松下来哦。用了它，希望选拔能够顺利！"

"没关系，我一定会出场关西大赛的！"

叶月弯起右臂，使劲拱起肌肉，身上还到处都是泡沫。绿辉学着她的样子，也弯起手臂。并排看过去，两人的肤色完全不同。叶月的皮肤饱经日晒，呈现出健康的小麦色。

"真由要用吗？"

"我带了自己的，就不用了，谢谢。"

真由坐在椅子上，仔细地揉搓着长发。她美丽的长发没有一点损伤，沾上水后，茶色的发丝看上去近似黑色。

久美子快速洗完头发和身体，早早地泡进了浴池。她让水没过肩膀，深深吐出一口气，透明的水面上白雾缭绕。

"久美子，你好快啊。"

真由用发夹别好头发，也进入浴池。

"因为我待会儿还要进行个人练习，还有各种各样的工作会议。"

"选拔马上就到了，好紧张啊。"

"原来真由也会紧张啊。"

"与其说紧张……"真由顿了顿，她让水浸没到下巴，只留一双眼睛看向对方，"久美子曾经也转过学，对吧？"

"嗯，小学的时候。"

真由话题一转，让人有些不安。为了掩饰僵硬的表情，久美子用手玩弄着盖在头发上的毛巾。

"听你说起这个的时候我才意识到，这或许就是我能和你产生共鸣的原因。第一次见到你，我就想和你成为好朋友，一定是因为我们两个的气场很像吧。"

"是……是吗？真由的气场就好像是春天的女神，感觉和我完全不同。"

"女神的气场？我有那样的气场吗？"

真由小声笑了出来，就像大人敷衍小孩子似的说道。久美子见状便为自己所说的话而感到难为情。

"转学生会被周围的人各种揣测吧？比如问你转学的理由，有什么特殊的经历之类的，可我完全没有这种事，单纯是跟着父母搬家才转学的。说什么是我自己选择来北宇治的，因为感觉加入这里的吹奏乐部会很开心，都是编的理由。我只是想享受当下而已。"

"真由现在开心吗？"

"开心。北宇治的同学们都很友好，我喜欢看大家一团和气的样子，感觉被治愈了，而且我希望自己能生活在一个轻松愉快的环境中。"

真由的睫毛被水打湿，微微颤抖着。她垂下目光，略显刻意地抿了抿嘴。

"那个……久美子，今天的独奏选拔，我还是弃权吧。"

又是这句话。久美子不禁烦躁起来。京都大赛选拔前，真由也说过同样的话，久美子那个时候应该已经很果断地拒绝了她，但她似乎没能真正体会到久美子的苦心。

"关于这件事，我已经说过很多遍了，你不需要这么介意。"

"但是……"

"小奏也和你说了吧？拼尽全力才是为了北宇治着想，你若全力以赴，我会很高兴的。"

其实稍微动动脑子就能知道自己说的话对于对手来说有多失礼。真由说放弃选拔，就如同在说自己的水平比久美子更高一样。

久美子想看看真由的表情，却被对方抢在这之前抓住了手腕。水滴自她的刘海缓缓坠下，在透明的水面上荡出波纹。

真由目不转睛地盯着久美子，但并不是咄咄逼人的目光，她黑色的瞳孔中充满了慈爱和温柔。真由现在这副样子，任谁看了都会觉得她是个善良的人吧，可爱、美丽，又柔弱。

"原来久美子会这样劝我呢。"

真由的指尖轻轻陷进久美子的肌肤。一瞬间，久美子感到一阵说不清是恐惧还是快感的异样感觉从背后袭来。

——必须说服她。

久美子内心翻涌而出的冲动超越了理智。她不想让真由受伤，想以温柔的方式对待她。脑海深处响起警笛，好似火车通过道口时发出的尖锐的警报声。

久美子凝视着真由的眼睛，还没来得及细想，话便脱口而出。

"我是部长，正因此周围的人会对我有所期待，但我还是认为应该凭实力定胜负。今年增加选拔次数，也是丽奈基于这个理念才提议的。我不知道你在担心什么，但是把社团活动办好，消除这种不必要的担心，是我一直努力的目标。"

"原来久美子认为实力至上的学校更好啊。"

"一般不都是这样吗？"

"但根据以往的经验，坚持实力至上主义有时会很困难吧？比如后辈超越了前辈，进入A组之类的。"

"你说的这种情况……我初中的时候也遇到过。前辈是B组，我是A组，结果后来被刁难，还因此差点讨厌吹奏乐部。"

久美子说完后十分诧异，自己居然将过去的事如此轻易地说出了口，而且还不是那么积极向上的经历。

"其他呢？来北宇治之后不也是很不容易吗？"

真由催促她继续说下去，柔和的声音侵蚀着久美子的内心。

"嗯……的确。北宇治原本不是什么强校，当初决定实行选拔制度的时候就闹得很不愉快。最早是在泷老师当上顾问的时候，后来是因为独奏选拔。那时丽奈刚上高一，她和高三的学姐关于独奏名额争吵起来。再有就是，有高三部员因为父母反对参加社团活动，差点导致无法出席比赛。"

"但久美子迎难而上，努力解决了所有问题，然后作为部长带领大家向前走，真的很帅气。"

"帅气？这词应该用在丽奈那样的人身上。"

"才不是，我从入学起就一直觉得久美子很帅气。像我这样的人，大概担不起部长这个职位，所以久美子真的很了不起。"

真由的话语直击久美子内心最希望被触碰到的地方。先产生共鸣，再用语言试探，最后抓住对方的内心，这种做法有些似曾相识。

久美子的唇边浮现出近乎自嘲的微笑。可能是浴室里太热，她的额头上渗出一层细细的汗珠。为了让头脑冷却下来，久美子坐到浴池边缘。

"真由真会夸人呢。"

"我只是把心里话说出来而已。"

真由把手指尖伸出水面，谦虚地左右晃了晃。她看上去不像是在装样子，刚才的话可能真是她心中所想吧。

"你们两个从刚才开始就在说什么悄悄话呢？"

"在说什么呢？小绿也想听！"

叶月和绿辉结束淋浴后进入浴池，热水顿时从池边溢出。

"平时很少能和久美子单独聊天，所以抓住了这次难得的机会。"

"是吗？我感觉真由总是在和久美子说话呀。"

"我是说，想比平时聊得更多一些。"

"小绿也赞成！多聊聊天可以增进感情！"

绿辉抱膝坐在浴池里，脸很快就红了。叶月放松身体，舒展着双腿，然后指着绿辉的脑袋说道：

"对了，我听说小绿晚上被求叫出去了。"

"欸？！"

久美子头上卷着的毛巾差点掉下来，她慌慌张张地把毛巾重新卷好。当事人倒是一脸平静，马上承认了叶月的话。

"是啊，他说想在没人的时候见一面。到底是什么事呢？"

"求挺厉害的嘛，终于到他展现男子气概的时候了！久美子也这么想的吧？"

"呃，我可什么都没说……"

不过，求的思维不能按照常理去推断，有时候他的行动远超出久美子的想象。

"小绿我想尽可能地理解求的心情，毕竟我是他的师父嘛！"

"不愧是小绿！真了不起！"

叶月揉着绿辉的头发。真由看着她们，用手拭去流到脸颊的汗珠。

"小绿和求关系真好。"

"是吗？"绿辉的声音带着些许疑惑。真由用手轻轻给自己扇着风，似乎是想给发红的脸颊降降温。

"你们两个人都很可爱呀，我很喜欢看你们并肩走在一起的样子。"

"这个我能体会。"

"求要是和小绿在一起，那该多美好呀。"

听到真由纯真无邪的话语，久美子忍不住笑了。绿辉和求交往也好，不交往也罢，久美子只希望他们能在吹奏乐部度过愉快的时光。

选拔的会场定在下午木管声部练习所用的小礼堂，舞台上仅摆放着一把椅子和曲谱架。泷、新山、桥本并排坐在观众席上，美知惠威严地站在他们后一排。

按照出场顺序，高三的久美子是上低音号声部的第一位应试者，其次是真由、奏和佳穗。有人演奏时，下一个出场的部员就在幕布后等待，这意味着其他三人都会在舞台上听久美子演奏。

左右两侧的舞台灯交叉照亮了座位，久美子踏进圆形光圈，在椅子上坐好。对于只有一位演奏者的舞台而言，聚光灯太过耀眼了。

"我是高三的黄前久美子，低音声部上低音号演奏者。"

"请开始吧。"

"是。"

这次的选拔与京都大赛时的几乎没什么变化，部员需要按照泷的指示，依序吹奏指定曲目和自选曲目的指定部分。虽然指定的部分有所变化，但两首曲子已经在京都大赛上演奏过了，无论哪部分久美子都已熟练掌握。

"接下来请吹奏自选曲目的soli。"

泷的声音从被黑暗吞没的观众席传来。他的脸在暗处，完全看不清。久美子脚底用力，鞋底微微在地板上滑动了一下。

心情平静了下来。说不紧张是假的，不过她尚有余力冷静地观察四周。

《一年四季之诗》第三乐章中上低音号和小号的soil，她已与丽奈练习过很多遍。

"好的，我开始了。"

久美子回答后，缓缓吐了一口气。她把指尖放在四号活塞上，嘴巴对准吹嘴，吹响了细腻的起音。她轻轻震动嘴唇，着重注意细节的处理。现在吹出的是弱音，接下来要缓慢变强……

——第三乐章《秋，宿命之时》。

没有人回应久美子的旋律，即便如此，她的耳边依旧回荡着小号的声音，在恰当的时机奏响准确的音。久美子的目光追随着早已铭记于心的乐谱，吹完了soil的部分。

"好的，辛苦了。"

泷轻轻拍了拍手。由于聚光灯的照射，久美子感到身上发热。虽已洗完了澡，但想必又出了好多汗吧。一想到接下来还有干事会议，她不禁皱起了眉。

"很精彩的演奏。可以结束了，请退场。"

"谢谢。"

久美子低头行礼，从舞台左侧退场。另一边，排在下一个的真由上场了。虽然久美子没想刻意避开，但是脚下的步伐不知为何越来越快。

"选拔怎么样？"

久美子、丽奈和秀一三人聚集在一间日式房间里。这间六畳[1]大的屋子就在男生房间隔壁，是用来存放备用品的储物间。丽奈说了一句"正好空着，可以利用起来"，于是干事会议和声部队长会议便都

1　计算榻榻米的量词。张，块。一畳相当于1.62平方米。——译者注。

在这个房间里进行了。

现在是夜里十一点，早已过了熄灯时间。当然，选拔也早就结束了。

"什么怎么样……就那样啊。"

久美子强撑开眼皮，把下巴抵在矮桌上。秀一盘腿而坐，皱着眉说："什么啊？说了跟没说一样。"

"秀一呢，吹得怎么样？"

"我觉得还不错，肯定能进A组。高坂怎么样，能拿下soil吗？"

"除我之外还会有别人？"

"哇，真是自信满满。"

"不是自信，只是在陈述客观事实。"

丽奈用手托着下巴，叹了口气。她伸手戳了戳久美子的脸蛋。

"明天早上就公布选拔结果了，希望不会出什么乱子。"

"应该不会发生争执吧，不过可能会有人很失落，因为参加过京都大赛的高三部员或许会落选。"

"泷老师会采用和京都大赛一样的编制吧？"

"考虑到声音的平衡，我觉得可能会变。"

"如果增加其他声部的人数，那么就会减少上低音号或萨克斯的人数。"

"欸，是这样吗？"

"只是我的推测。"

这么一说，原本不需要担心的事情都得开始担心了。久美子不禁蹙眉，"哐当"一声，眼前出现一个黑影。她抬起头，看到一罐冰镇的罐装果汁。

"好了好了，一想起来就没完了，喝罐果汁吧。"

秀一说着，拉开易拉罐拉环，碳酸发出"咻"的一声，久美子不自觉地咽了咽口水。丽奈拿起面前的易拉罐，在脸颊旁晃了晃。

"这是冢本买的？"

"不是，是刚才泷老师买给社团干事的慰问品，说'努力是好事，但别熬太晚了'。"

"这种事就早点说嘛！"

丽奈一改刚才的态度，毕恭毕敬地托起罐底。久美子看着柚子汽水，心想睡前喝的话热量有点高，不过今天就破个例吧。她打开拉环，仰头畅饮。

秀一从包里取出日程本，盘腿坐着翻了起来。

"明天七点开始声部队长会议，七点半开始吃早饭，八点公布选拔结果，然后是个人练习，九点开始合奏，中间安排了休息时间，合奏一直持续到晚上六点。晚饭六点半开始，接着是娱乐活动，放烟花。"

"去年是砸西瓜，结束后收拾起来费了不少事，今年改成放烟花真是太好了。"

"和前年不一样，今年买了很漂亮的礼花吧？在哪里观赏比较好呢？"

"不不不，这次买的不是礼花，是喷花筒和手持烟花。泷老师说放礼花太危险了，不允许。"

久美子从秀一身上移开目光，看向房间里侧堆成小山的烟花，尼龙袋上印着巨大的"物美价廉大礼包"的字样。

"大的烟花好像由近夫来点，所以不用担心。"

"我也没担心这个。"

"为什么？好歹担心一下他啊。"

"因为是他自己主动要求的啊，泷川同学很喜欢热闹的活动呢。"

"他就是个乐天派。不过就算如此，那家伙在选拔前也紧张得不行，他好像想继续在关西大赛上担任独奏。"

萨克斯声部的泷川近夫是京都大赛中担任独奏的高三部员，他和秀一自入学起就关系很好，但久美子几乎没和他说过话。

"萨克斯那边和年级无关，全凭实力竞争，独奏换人的可能性也不是没有。"

丽奈的手轻抚着易拉罐的表面。还没打开喝吗？久美子在心里苦笑。按丽奈的性格，说不定会直接收藏起来。

"我倒是希望泷老师优先选择高三的学生……"

"因为今年是最后一次机会了，所以优先？我绝对不允许这样的事发生。"

"好严厉啊……我不是这个意思，我是说在同等实力的前提下，高三部员可能会在赛场上发挥得更好。这是之前在电视上看到小源老师这么说的，算现学现卖吧。"

"龙圣优先让高三部员出场吗？"

"嗯，从明工时代就有这个习惯了。当然，前提是双方实力相当。说到底，为了让前辈进A组而把更优秀的后辈留在场下，这种事情应该不存在。"

"我觉得这算唯心论。"

丽奈眉头紧皱，用食指轻触下唇来遮掩焦躁。

"丽奈怎么想？如果前辈和后辈实力相当的话。"

"实力水平不可能完全一样，所以这个假设原本就没有意义。不过，如果真的发生了这样的事，我会让后辈上场。"

"为什么？"

"因为可以为以后的比赛积累经验。当然，最好还是前辈凭借远超后辈的实力入选A组。"

"哇，真有丽奈的风格。"

"高坂是不会放弃原则的类型呢……"

丽奈耸了耸肩，秀一也做了一模一样的动作。丽奈微微眯起眼睛，勾起嘴角，脸颊上隐隐显出酒窝来。

"这算是夸我吧？"

被如此具有压迫感的声音一震，久美子和秀一立马点了点头。

"不错，很诚实。"丽奈笑了，比平常更加孩子气。

又过了三十分钟，干事会议才结束。秀一哈欠连天，一边揉着眼睛一边说："差不多该睡了吧？"

男生和女生的房间不在同一楼层。与秀一分开后，久美子和丽奈走在空无一人的走廊里，拖鞋发出"啪嗒啪嗒"的声响，让暗淡灯光下的走廊显得不那么可怕了。

"丽奈，你还没有喝果汁吗？"

"我要珍惜着喝。"

"不愧是你……"

"啰唆。"

丽奈用手肘顶了一下久美子的侧腹，很明显是害羞了。

"我很喜欢丽奈这一点哦。"

"好好好。"

久美子不假思索地迈着步子，丽奈突然停下来用手臂拦住了她。"嘘——"丽奈把食指竖在嘴边，气氛一下子紧张起来。久美子舔了舔干燥的嘴唇，果汁残留的甜味唤醒了她的味蕾。

"……谁？"丽奈朝娱乐室喊。

门微微敞着一道缝，灯光顺着门缝透出来。说不定是北宇治的部员躲在这里。久美子在心里推测着，战战兢兢地伸手去拉门。

"我开门了哦？"

没人回答她。虽然已经提醒过要节约用电，但还是有可能出现忘记关灯的人。久美子一鼓作气把门拉开，明亮的房间里面是久美子认识的人。

"小绿？你在这里做什么？"丽奈问道。

绿辉瞪圆了眼睛，什么也没说。她拿着手机坐在日式房间的正中央，耳朵里塞着黄色的耳机。

久美子脱掉拖鞋，踩到榻榻米上。已有些年头的榻榻米破破烂烂的。

"久美子，还有丽奈，你们怎么这个时候来这里？"

绿辉的声音如往常般天真无邪。她把塞在右耳的耳机拿下来，放到桌子上。看来绿辉并没有听见刚才她们在门外说的话。久美子放下警戒心，身体渐渐放松下来。

"会议结束，我们回房间的路上看到娱乐室还开着灯，以为是谁忘记关了。"

"啊，抱歉。我睡不着，所以就躲到这里来了。"

"小绿也有睡不着的时候啊……"

久美子认识绿辉很久了，她心理素质很好，无论什么时候都睡得很香，和每年合宿的时候都半夜睡不着，到处晃来晃去的久美子完全相反。然而绿辉现在居然说自己睡不着，一定是出了什么大事。

"小绿，你在听什么呢？"丽奈反手关上门，脱下拖鞋，放低声音问道。

"肖邦的《小狗圆舞曲》。静不下心的时候我会听钢琴曲，然后就能平静下来。"

"出了什么事吗？"

"嗯，是有点事情……"

问了不该问的话，久美子有些手足无措，为了掩饰尴尬，她环视着室内。房间的柜子里摆放着围棋、象棋、歌牌等娱乐道具，其中只有装着象棋的盒子不自然地歪着。

"小绿，刚才洗澡的时候你说求叫你出去，难道是因为这个睡不着吗？"

绿重重地擤了一下鼻涕，接着把用过的纸巾团成团塞进垃圾桶，又摇了摇头。

"不是因为求，是我在反省。我以为自己什么都懂，但其实完全相反，可要是表露出同情，对他来说反而是一件失礼的事，会让他难过，所以我决定从明天起做回往常的自己……"

"听完你的解释，完全不明白到底发生了什么。"丽奈轻轻蹙眉。

绿辉把抽纸盒放回柜子上，若无其事地说："我是故意的嘛。"

"我下定决心了！从今以后要努力当好求的师父！这个话题就到此为止，谢谢你们两个关心我。"

绿辉露出灿烂的笑容。见对方不愿再谈此事，久美子也一笑而过。

"现在差不多有些困了吧？和我们一起回房间吧。"

"好！"

绿辉欢快地蹦了两下。丽奈最后还想说些什么，但看到久美子故作平常的样子，还是选择配合她，只说了些无关痛痒的话。

合宿第二天，久美子一睁眼便伸手去够闹钟。时间才五点，身为部长一定不能睡懒觉，所以她特意从家里带了闹钟过来，但现在看来似乎没有这个必要。久美子把定到六点的闹钟关掉，小心翼翼地从被子里钻出来，周围的部员都还熟睡着。

久美子轻手轻脚地洗漱完毕，离开了房间。睡乱的头发让她有些烦躁，她一边走在走廊里，一边把头发扎成马尾。室外空气清新，太阳还没有完全升起来。久美子放空大脑，漫无目的地走到迎客广场。这里距离住宿楼有些距离，水泥砌的喷泉一片沉寂。她坐在喷泉前的长椅上，深呼一口气。

记得去年合宿的时候，她在这里和霙说了好多话。久美子把鞋子连同袜子一起脱掉，然后侧躺在长椅上，视线渐渐靠近大地。

地上长满了茂密的草，好似被涂上一层明亮的绿色，清新的空气如薄纱般敷于其上。久美子用胳膊感受着长椅坚实的触感，然后闭上了眼睛，感受独自一人的世界。

这个瞬间，她被积累至今的、巨大的疲惫感所包围。再过不到三个小时，就要公布选拔结果了，百余人的喜怒哀乐将赤裸裸地展现在自己眼前，一念及此，她的心情便又消沉下去。柔软的藤蔓缠住了久美子的意识，好似要将她吞没。久美子一个激灵，立马坐了起来。

"振作起来！"

她用手拍了拍脸颊。我是部长，无论发生什么事，都必须把大家团结起来，带领大家前进。仿佛有重物压着胸口，让久美子有些喘不上气来，但她无视了那份痛苦，在长椅上坐直了身子。我必须这么做——她如此深信着。

声部队长会议的内容是讨论部员的个人问题以及解决方案。社团干事们互相分享情报，比如哪些部员对练习有些摸不准，哪些部员容易精神紧张等，然后讨论如何帮助他们。

今年竞争最激烈的要数单簧管声部，因为部员平均水平都很高，实力不相上下，所以很难和其他人拉开距离。然而，其中一位高三部员高久智绘里，因其出类拔萃的演奏技术得到了极高的评价。有小道消息说她想考音乐大学，泷还给她介绍了单簧管老师，她目前正在接受一对一的指导。

从竞争率来看，低音提琴应该是最没有悬念的声部了。无论看人数还是实力，那两个人都一定会出场。相反，萨克斯和圆号声部中，B组成员进步惊人，所以换人的可能性很高。

久美子一边回想刚才会议中讨论的课题，一边用后牙用力嚼着煎得发硬的培根。长面包旁堆着黄油炒蛋，上面淋了大量的番茄酱。

"纱月，你和釜屋同学什么时候关系变得这么好了？早上还看见你们一起练习了。"美玲问。

纱月开朗地答道："早上我起来准备进行个人练习，刚好小雀也在。"

"我可不能输给小纱学姐。"

"小雀真是太让人敬佩啦，我从昨天选拔开始就一直觉得胃疼。"

"弥生的心情我能理解，我也紧张得一直都睡不着。"

听到叶月的话，弥生的表情一下子亮了起来，仿佛在说"学姐居然能懂我"。今天她用来固定头发的印花头巾是佩斯利花纹的。

久美子看了看气氛和谐的大号声部，然后向右转移视线，发现低音提琴的两位部员沉默地用着餐。绿辉和求吃面包的姿势很优雅。

"绿学姐，昨天很抱歉。"

"不用在意啦。相反，我现在更了解求了，所以很开心哦。"

"是我在试探学姐。我想知道，即便了解了我的过去，学姐是否还会接受我。然而我心里很清楚，出于好奇心去试探别人这种行为十分恶劣。"

面包屑顺着求的指缝散落到桌子上。他低下头，长长的刘海垂了下来。绿辉看着碎发在他脸上投下的阴影，心疼地皱起眉。不过，那也只是一瞬间，她马上露出了一如既往的笑容。

"我知道了求最珍贵的回忆，听到那些，我一点也不觉得厌烦，反而今后更想和你一起加油了呢。这件事就到此为止了，好吗？"

"……好，如果学姐希望如此的话。"

"嗯，那就这样！从现在开始转换心情，加油练习吧！来，给努力的求奖励一个小番茄。"

"谢……谢谢。"

小番茄滚入盘中，求坦率地接受了绿辉的好意。久美子昨天被绿辉的样子吓到了，但既然绿辉不想说清楚，就说明她有自己的想法，不需要担心。虽然不知道求和她说了些什么，但那应该是只属于他们两个人的秘密吧。

"又在挖掘什么吗？"

奏用银色的餐刀切开培根，把好看的粉色培根片送入口中。她微微笑着，抬眼盯着久美子。

"好奇害死猫哦。"

"我会记住的。"

"小奏真的很担心久美子呢。"

真由加入了对话。而一年级的佳穗似乎有些顾虑，只是微笑附和着。

"这算是担心吗？以久美子学姐的性格，经常会自己给自己招麻烦。"

"我可没有自找麻烦过。"

"是吗？我还以为学姐很热爱做慈善呢。"

奏故意瞪圆眼睛，露出一副疑惑的表情，久美子只能苦笑。真由抬头看了一眼挂在柱子上的时钟。

"八点发布选拔结果吧？有点担心到时候没被选上的部员能不能调整好心态。"

"真由学姐之前就读的学校，在选拔之后也会出很多事吗？"

佳穗好似漫不经心地加入对话，不过她的表情明显变僵硬了。和学姐说话会紧张是自然，不过也可能是因为后辈们平时都有些害怕奏。

"是啊，大家都很紧张，但并没有为此争吵过，因为大家从一开始就清楚规则。相反，要是没有规则，也就没有努力的动力了。对我来说这样很痛苦，因为根本不知道该怎么做。"

"如果北宇治能晋级全国大赛，那真由学姐可能会在名古屋见到在清良的同学呢。总觉得像拍电视剧一样。"

"不光是清良，其他学校也有我认识的人，都可能会碰到。要是能和大家一起合影就好了。"

真由用手摆出长方形，比了一个按快门的手势。从她的话中丝毫感觉不到对其他学校的敌意，这也正是真由的特别之处。

"不过前提是北宇治能顺利晋级全国大赛，这个最重要。"

奏泼了盆冷水，真由却一笑而过。真由为人处世很成熟，不过也可能是因为她真的没有多想吧。无论怎么观察，她身上的谜团反而越来越多。

久美子放弃了思考，把小番茄放入口中。真由不是坏人，唯此一点是可以肯定的。

泷将在大厅公布选拔结果。说起这件事，总让人不由得联想到音乐教室，以致当下这个情况让久美子有少许违和感。大厅内的椅子摆放成合奏的阵型，一百零三名部员整整齐齐坐在座位上，只有泷站在正前方的指挥台上。

"终于到这个时候了啊，接下来我开始公布选拔结果。"

泷语气严肃。以往，公布入选者是美知惠的工作，而今天她和新山、桥本一起坐在观众席，观察着部员们的情况。

"在京都大赛和关西大赛这两场比赛上替换部员，对北宇治来说是一次革新。相比于去年情况有变，可能会出现让大家不适应的地方，但既然我们决定了采取这种制度，就要努力让它变成最优解。"泷顿一下，清了清嗓子，"所以关于选拔结果，不允许任何人抱怨，除非发生部员受伤这样的意外情况，我不会更换出场者。接下来叫到名字的五十五人，就是目前北宇治的最强阵容。"

久美子咽下口水，喉咙上下一动。从刚才开始她的心脏就在狂跳，一方面想快点从这令人窒息的氛围中逃离出去，另一方面又不想这么早知道结果，矛盾的心情相互拉扯着。

"从小号开始。高三，高坂丽奈。"

"到！"

第一个被叫到名字的果然是丽奈。

"高三，吉泽秋子。"

"到。"

"高二，小日向梦。"

"到！"

目前几名当选者与京都大赛时并无变化。原本紧张的气氛有所缓和，其中还夹杂着些许豁然。果然还是不会变啊——B组成员的眼睛似乎在如此诉说着。

长号声部也没有变化。保住席位的部员们安下心来，最开始被喊到名字的秀一捂着胸口长长地舒了口气。

"接下来是上低音号。"

泷翻着文件夹，表情如旧。"不会吧……""难道说……"各种消极的想法自久美子的脑海中闪过，她猛地闭紧眼睛。

"高三，黄前久美子。"

"到！"

耳朵捕捉到自己名字的瞬间，声音便脱口而出。"太好了，太好了……"久美子心中只有庆幸。

"高三，黑江真由。"

"到。"

"以上两人。接下来，大号声部……"

泷的语调相当自然，久美子一瞬间没反应过来发生了什么。她向奏的方向望去，只见对方的表情丝毫没有变化，只是一直凝视着泷。

喧闹声在室内如涟漪般荡漾开来，部员们无不惊讶万分。奏是从高一起就被选入A组的实力选手，她为什么没有入选？然而，没有人开口发出疑问。

泷继续公布入选者。

"高三，加藤叶月。"

"到！"

"高二，铃木美玲。"

"到。"

"高二，铃木纱月。"

"到！"

回答声很急促，好似把喜悦硬生生地吞了下去。美玲倒吸一口气，纱月用手掩着嘴。这是纱月第一次入选A组。

雀会怎么样？久美子还没来得及担心，泷就念出了名单上的名字。

"高一，釜屋雀。"

"到！"

直到此时，周围才开始出现怀疑的声音。这些细细的呢喃与呼吸声并无分别，虽没有清晰的轮廓，但其中夹杂的感情却分外明了。

"以上四人是大号声部，接下来公布低音提琴……"

绿辉和求相继被点名，而在这期间，久美子依旧没有理清思绪。京都大赛时，上低音号和大号都有三个名额，而这一次大号却有四个，看来泷是把上低音号的一个名额分给大号了。

随后，泷公布了木管声部和打击乐声部的入选名单，虽然有人员更换，但人数编成没有变。木管声部淘汰了一名高三和两名高二部员，另外选了两名高三和一名高一部员代替。打击乐声部则完全没有变化。久美子看到被淘汰的高三部员双手掩面，那一瞬间，她的胃灼烧似的疼了起来。

"以上五十五人将会出场关西大赛，接下来公布独奏名单。"

今年的演奏曲目中，指定曲目有萨克斯独奏，自选曲目有单簧管、马林巴、低音提琴独奏，还有小号和上低音号的soli。在京都大赛上担任独奏的部员，这次也全都入选了A组，每个人似乎都在担心自己被替换而忐忑不安。

"指定曲目，萨克斯独奏，高三，泷川近夫。"

第一个被喊到的是近夫，只见坐在他邻座演奏次中音萨克斯的女生不甘心地咬住了嘴唇。

"自选曲目，第一乐章单簧管独奏，高三，高久智绘里。"

"第二乐章马林巴琴独奏，高三，釜屋燕。"

"低音提琴独奏，高三，川岛绿辉。"

每念到一个名字，便有一个嘹亮的声音做出回应。泷盯着名单，声音不带任何情感。

"第三乐章小号soli，高三，高坂丽奈。"

"到！"

"上低音号soli，高三，黑江真由。"

"到——"久美子几乎要条件反射地脱口而出。也不是因为她断定此处一定会叫到自己的名字，只是不知从何时开始，潜意识里便理所应当地认为该是自己。

"到。"

真由回答道，原本目视前方的双眼转向身边的久美子。她垂下眉梢，双唇缓缓蠕动，"抱歉"两个字无声地飘进久美子心间。久美子感到一阵眩晕，冰冷的触感爬上指尖，渐渐蔓延至全身。她握紧拳头又松开，似是要把体内肆意横行的寒气赶走。

"啪"，泷合上手中的文件夹，干脆利落地结束宣告。

"结果公布完毕。与京都大赛时相比有些许不同，可能会有人心存不满，但为了让北宇治的音乐成为最好的音乐，我认为这是最优解。距离关西大赛已经没有多少天了，今年让我们一起拿到全国大赛的入场券吧！"

"是！"

部员们的声音整齐划一。偌大的舞台暴露在聚光灯之下，然而幕布后却蠕动着黑夜般的阴影。其实久美子一直都知道，当红色幕布升起时大家将迎来什么，只是她一直都佯装不知而已。

"接下来开始合奏练习。从现在开始，给大家三十分钟的时间，A组在这里进行试音，其他人请移步到小礼堂。"

"是。"

泷走下指挥台。大厅的所有灯光亮了起来，美知惠他们的身影在观众席也清晰可见。久美子立起谱架，开始做合奏的准备。部员们三三两两地说着关于选拔结果的感想，投在久美子身上的视线让她感到心烦。

"久美子。"

真由伸手拉住久美子运动衫的衣角，她坐在座位上，抬头看向久美子。她想说些什么？像刚才一样说句"抱歉"来道歉吗？明明没什么值得道歉的。

久美子心中翻涌起一阵烦躁，她也知道这种情绪没有道理，于是做了一次深呼吸，换上会给人留下好印象的礼貌微笑。

"怎么了？"

"座位这样就可以了，不换也没关系。"

久美子身体一僵，愣在原地，她没能马上明白真由的意思。真由不知道是误会了什么，慌慌张张地补充道：

"那个……独奏担当不是更换了吗？久美子一直坐在指挥旁边的座位上，我也以为那是你的固定座位，所以合奏的时候座位保持原样就好。"

久美子把真由的话一句一句分解开，细细咀嚼，终于理解了她的意思。在北宇治，更为优秀的演奏者会坐在靠近指挥的席位上。因为久美子每次都负责独奏，所以她一直以来都坐在上低音号声部最右边的座位。真由想表达的是，虽然担任独奏的乐手变了，但为了不伤久美子的面子，座位不变也没有关系。没错，真由在同情自己。

"……不，还是把座位换掉吧。"

"但是……"

"我以前也说过吧？北宇治是凭实力说话的。"

久美子的自尊让她坚持自己的想法。"快点吧。"她催促道，真由不情不愿地站了起来，她的座位还残留着温热的体温。

"久美子学姐，我差不多该去小礼堂了。"

坐在左边的奏轻轻低头示意。短短的刘海垂下来，遮住了她的双眼。久美子觉得自己得说些什么，这是奏第一次落选，身为前辈必须鼓励鼓励她。虽然久美子明白这个道理，头脑却一片空白。思维停滞了，她怎么也想不出合适的话。

奏用手理了理裙摆，笑了。好似久美子的所有想法，她已然了然于心。

"久美子学姐，没关系的，我都明白。"

"那……"

"练习结束后也好，还请常和我聊天。那我先走了。"

奏用双手搬起已经不被需要的椅子，向舞台侧边走去。要去小礼堂的部员和留在大厅的部员人数差不多，久美子呆呆地看着大家离去的背影，叹了一口气。

北宇治吹奏乐部更加壮大了。比起久美子高一的时候，要大得多。

这支新编成的队伍从全曲彩排开始练习。每次架起乐器，视野内便会闪过一丝银光，让久美子感觉仿佛回到了两年前。

泷翻看着总谱，细心地纠正大家配合不协调的地方。

"长笛，从这里开始的五个小节要注意和其他乐器的配合，处理得更加细致一些。单簧管、小单簧管[1]、双簧管，注意声音的协调性，不要有哪个太突出。吹这部分的人，再来一遍。"

"泷老师，刚才单簧管的和音，可以再来一遍吗？感觉中音单簧管和整体配合得不太好。"

"木琴的声音太黏了，要清晰有力，从这里开始可是键盘乐器的主场。多请教请教那边演奏马林巴的学姐，学习一下精髓。"

"小号，这个地方的高音跑调了，我现在可以不批评你，但这样下去不行。你知道该如何提高音准吧？"

"铜锣太急了，我理解你情绪高涨，但这个地方要克制一下。一旦你乱了阵脚，整个演奏的节奏都会变快。"

泷和往日一样接连提出意见，而今天还加上了新山和桥本，大家从刚开始就一直吹了停，停了吹，不断重复。把细节一一拿出来订正，进度自然慢了下来。自合奏开始已经过了三个小时，可第一乐章还没有吹完。

"泷，按这个进度第二乐章可有得受了。"

"……说的是啊。"

听桥本这么说，泷轻轻摸了摸下巴。自选曲目《一年四季之诗，

---

1 小单簧管也称为Es单簧管，是单簧管家族中最高音部分的乐器。它的音域非常高，可以演奏出高亢激昂的乐曲，是管乐队和交响乐队中不可或缺的乐器。——译者注

为吹奏乐而作》的难点在第二乐章和第四乐章，这两个乐章的节奏很快，并且融入了令人惊叹的技法。泷也明白，仅仅让大家从头到尾过一遍乐谱，时间都已十分紧迫，所以第二乐章中他对音乐表现方面的指导稍微有所收敛。

"啊，累死了。过分挑剔细节，大家也都累得不行了吧？我觉得接下来多注重一下演奏整体的感觉会更好。可以说一下我个人的感受吗？听刚才大家排练的一些感想。"

"请说。"

泷站在指挥台上俯视着桥本。新山静静地坐在椅子上，等他继续说下去。

"怎么说呢……我感觉今年的气氛特别紧绷，所有方面都是。指定曲目分明叫《跳跃的猫》，但现在给我的感觉根本不是'踩到猫了'，而是'踢到老虎屁股了'。"

久美子知道桥本想开个玩笑缓解气氛，可她依旧笑不出来。或许是因为过于疲劳，心里对"笑"这一行为不由得产生了抵触。不知是不是很多部员都怀着相同的心情，大厅里一片沉默。

桥本急忙站起来。

"难不成我这是冷场了？"

"呃，每个人的笑点不一样，反正我是不知道哪里好笑呢。"

"你明面上是帮忙圆场，实际上是往我伤口上撒盐吧？"

桥本夸张地将身子向后仰去，打击乐部的部员最先笑了起来。受他们的感染，周围传开窃窃的笑声。看到部员们露出了笑脸，久美子稍微松了一口气。

"哎，玩笑暂且放一边。今年的气氛比去年紧张了不少，大家都太紧绷了。不过这也有好处，在激烈的竞争环境下，大家的技术相比去年明显提高了很多，实力得到了大幅提升，只是情绪上有些过于急躁了。我们每年不是都说吗？凡音之起——"

"由人心生也。对吧？"泷接过桥本的话，"这个我明白。"

"不，我可不是只说给你听的，而是说给在座的所有人听的。你们表情严肃，眉头紧锁，这样要是能吹出好的音乐也就罢了，但实际上并不是。唉，一旦开始思考什么是好的音乐，就会陷入思维僵局。在比赛中取得好成绩不能代表一切，其实我偶尔也想说说这种大道理。"

"不是偶尔吧？这句话都快变成桥本老师的口头禅了。"

新山笑着从座位上站起来，纱裙裙摆在她纤细的脚踝上方摆动。

"但是既然参加了比赛，谁不想取得好成绩呢？我在学生时代也曾以全国大赛金奖为目标，所以能够理解大家更加重视结果的心情。而现在我到了这个年纪，自然也能理解桥本老师的心情。"

"哎，我们成年人的爱很难让孩子们明白啊。对吧，泷？"

"我可没有把学生们当作孩子。"

"这里居然不配合我？！你个榆木脑袋！"

"桥本老师的题外话有点多了呢。"

　　泷叹了口气，无奈地用手扶额。两个人相互抬杠，大厅里的气氛又稍微轻松了一些。桥本平时就很有活力，今天更是如此，或许他是想打破部里沉寂的气氛吧。

　　"泷老师，我们跳过第二乐章，先看第三乐章怎么样？我想确认一下木管最重要的部分。"

　　"确实，现在开始练习第二乐章的话，恐怕到晚上也结束不了，而且我也想听听第三乐章上低音号和小号的soli。"

　　"那就开始练第三乐章吧，要换乐器的人准备一下。"

　　"是！"

　　考虑到有些部员已经厌倦了反复练习第一乐章，这不失为一个好的办法。趁打击乐声部更换乐器的间隙，久美子快速扫了一遍乐谱。

　　——第三乐章《秋，宿命之时》。

　　喧闹的夏天结束，空气里开始泛起丝丝凉意，被染成红、黄色的树木淹没在阴影之中，一轮白月淡淡地挂在天上。这是一段冬日降临前，安稳、寂静，而又简单的时光。久美子想象中的第三乐章，就是这般光景。

　　"准备开始，三、四。"

　　指挥棒向下划去，木管声自寂静中悄悄探出头，轻柔优美的旋律慢慢叠加，化作秋日的空气。第三乐章中几乎没有需要吹奏铜管乐器的地方，谱面上写满了用数字表示的休止符，所以第三乐章的乐谱比其他乐章都要短。

单簧管的旋律细腻而恬静。木管乐器的乐声先是重叠在一起，又一层层减弱。随后，马林巴的琴声渐渐沉淀下去，上低音号叠加其上，久美子右侧传来真由吹奏出的优美旋律。小号声旋即响起，回应着上低音号，令人陶醉的高音与柔和的中低音互相交缠，余音袅袅。她们的配合无可挑剔。

"不错，那么我们从木管乐器的部分开始逐一确认吧。"

演奏过一遍后，泷让大家停了下来，同练习第一乐章时一样，回到开头深究每个细节。木管乐器演奏者压力很大，铜管乐器演奏者却无所事事。

"不好意思，soil的部分再来一遍。"

这天的练习中，泷一直在重复同样的话，部员们一一予以回应，反复演奏。久美子在这一天中，听了许多遍那两人的soli，许多遍，许多遍。

"今天的练习就到此为止，辛苦大家了。"

"谢谢老师！"

练习结束时已过晚上六点，外面的天色却还是很亮。大厅一直开放到夜里，可以用来进行个人练习。有人提前回到房间休息，也有人一直留下练习到晚饭时间，久美子以往都是后者，但今天她决定早早回去。原因是周围人的视线。

"久美子，你还好吧？"

身旁有个声音问。久美子知道对方没有恶意，但她现在不想听到这样的话。为了表示自己没事，她扯出一个笑容。

"你指什么？"

"那个……就是换我来吹 soli 的事情。要不我们还是换回来……"

"真由，算我拜托你，请不要再说这样的话了。"

久美子知道自己的表情一定很僵硬。真由似乎被吓到了，缩了缩柔弱的肩膀。

"对，对不起。"

"都说了不用跟我道歉，我真的不在意这件事。"

倒不如说，别人对自己的顾虑更让久美子难以承受。虽然结果早就公布完了，但她仍能时不时地感受到同情的目光。"好可怜！""明明是部长呢！"脑海中的声音纠缠不休，然而这些全都是她自己想象出来的，等久美子意识到这一点时，她已经被困在了自己的潜意识中。

"我先回去了。"

"我可以和你一起吗？"

"我想一个人休息一下。"

"哦……好。"

真由依旧是一副想说些什么的表情，但最后还是放弃了。久美子站起来，准备把乐器收到乐器盒里。绿辉和叶月担心地看着这边，久美子轻轻挥了挥手应付过去。她一刻也不想停留，只想尽快逃离这个舞台。

久美子把乐器盒放到指定地点，漫无目的地走了出去。没有想去的地方，也没有想见的人，只是想一味地往前走。她穿过走廊，换上室外鞋。此时广场还很亮，距离太阳落山似乎还有段时间。

"学姐，可算找到你了。"

背后传来一个声音，久美子回过头，只见穿着练习服的奏正从出口向这边走来，脚上的白色运动鞋系着鲜艳的粉色鞋带。

"小奏，你怎么来这个地方了？"

"什么叫'来这个地方'呀？这个广场是供大家休息的地方，我那么伤心，在这里休息一下有什么不妥吗？"

"……也是。"

"学姐也坐在这里吧，练习可把我累坏了。"

奏抓住久美子的手腕，强硬地让她坐到长椅上。明明今天早上才见面，现在看到奏的脸却有种很久没见的感觉。必须给这位学妹打打气——有个声音在久美子耳边低语，迟钝的思维终于运作起来。公布选拔结果的时候明明一直在思考这件事，结果直到刚才都没想起来，自己真是个无情的学姐啊。

"那个……选拔……挺遗憾的。"

"现在才说吗？我还期待着一见面学姐就马上安慰我这个可爱的学妹呢。"

"安慰？要怎么做？"

"别当真啦，我是开玩笑的。"

说着，奏顺势撑开折叠伞。那是一把造型可爱，带着蕾丝边的太阳伞。她把整个身子都躲进伞下的阴影里。

"准备得真周全呢。"

"大家总这么说。"

久美子学着奏，抬手遮住阳光，奈何两只小小的手掌又怎能保护整个身体不被太阳晒到呢？她马上就放弃了。

"黑江学姐果然是个可怕的角色吧？"

"欸？"

"像水母一样美丽，但靠近了就会被蜇伤。绿学姐的眼光总是很准，好厉害。"

奏用手遮着嘴，微微眯起眼睛。久美子摇了摇头。

"我没觉得她可怕。这次也是，又不是真由做了什么不好的事。"

"确实如学姐所说。那这次是谁的不好呢？"

"这种说法不对哦，谁也没有不好。"

"我觉得是泷老师不好。"

"欸？"久美子下意识地惊呼出声。聪明伶俐的奏竟然在这里批评起顾问老师，这让她属实没想到。久美子慎重地组织起语言。

"小奏，这种话不能随随便便地说出来。"

"我可不是随便说说。这只是我的个人意见，我觉得泷老师今年明显和去年不一样了，你不觉得他的判断基准有所改变吗？"

"什么意思？"

"为了创造自己喜欢的音乐而演奏，还是为了讨好评委而演奏，他看起来一直在两者间摇摆不定。"

"讨好……你换个好点的词啊……"

"我不认为'讨好'就一定是羞耻的事情……那我换个说法，'创造为比赛量身定制的音乐'如何？增加大号乐手就是证据之一。因为低音声部的人越多，声音越浑厚，就越容易得到高分，还有渐强音的表现和演奏法等，今年泷的指导方向明显就是在迎合比赛。"

久美子也隐隐感觉到今年泷与以往不同，比如把选曲的权利交给久美子她们，还有采纳学生的意见增加选拔次数，从这一个个决策都可以看出他的迷茫和犹豫。

"不过，新加上一位黑江学姐，我认为上低音号只选用两个人的判断是正确的，京都大赛的时候选了三个人才奇怪呢。"

"为什么？"

"去年学姐和我说过吧？'泷老师会毫不留情地筛下实力不足的人''上低音号的人数有弹性，就算名额变少也没关系'。"

这些话是久美子在去年京都大赛前的选拔时说的，她记得很清楚，当时说这些话是为了说服固执的奏。

"去年我们三个人都出场了，但是如果另一个人不是夏纪学姐，而是前年那位戴红框眼镜的学姐，你认为上低音号还会是三个人吗？"

"戴红框眼镜……你是指明日香学姐？"

"是的，就是久美子学姐高一时，那位和你一起出场全国大赛的高三学姐。我在入学前听过很多遍北宇治的演奏，所以知道她。那位学姐的水平比其他人更胜一筹，比久美子学姐吹得还要好。那一年，北宇治的上低音号有两个人就足够了，这个判断我能理解。实际上，也确实足够了。"

"所以，你到底想表达什么呢？"

"也就是说，当同一种乐器的演奏者都十分优秀时，所需要的人数反而会变少。大号前年是两个人，现在却是四个人。美玲虽然是位优秀的乐手，但毕竟无法以一己之力替代后藤学长和梨子学姐，所以泷老师增加了人数以解决这个问题。这次纱月和釜屋同学入选A组，并不单单是因为她们吹得好，而是泷老师重视整体平衡的结果。"

奏虽然是当事人，却能如此客观理性地分析原因，久美子不由得惊叹于她高效运转的头脑。

"你说的我都明白了。这次落选并不是因为你输给了小纱她们，而是因为队伍的编成问题。然后，因为有真由这么优秀的演奏者加入吹奏乐部，所以上低音号安排两个人也就足够了。"

"既然如此，京都大赛的时候就应该直接给大号安排四个人。京都大赛的演奏极大地反映了泷老师的音乐喜好，但越临近关西大赛，这种感觉反而渐渐消失了。说到底，这只是我个人的想法罢了。"

"这就是你说的讨好评委？"

"而且，泷老师本人的立场是否坚定也有待确定。如果真心重视比赛，就不应该在这个时间点让黑江学姐担任soli吧？"

要在这种时候切入这个问题吗？久美子握着长椅的手更加用力。太阳西斜，天色渐渐变暗，红色的夕阳染红了草地。

"是吗？我承认真由的水平比我好。"

"要是久美子学姐和黑江学姐水平相差很大，那我还能理解，但你们二人不相上下，论谁的演奏更好，只是听者的喜好问题罢了，至少我是这么认为的。所以让身为部长，且一直为吹奏乐部忙前忙后的久美子学姐来担任soli，岂不是更好吗？这样一来吹奏乐部也会更加团结。"

"但那是泷老师的决定，老师是不会错的。"

"真的吗？我姑且确认一下，泷老师并不是因为黑江学姐是三年级，所以照顾她，让她来担任soli的吧？比如想让她一个人演奏，为她创造些美好回忆什么的。"

"那是肯定的。"

久美子立马答道。然而如此否定奏的她，却是最无法信任泷的人。此前从来没有出现过的疑问，在久美子心中的各个角落里落地生根。

奏看着沉默的久美子，无奈地摇了摇头。

"今天中午，高二部员的意见也出现了分歧，他们分成了两派，久美子学姐派和黑江学姐派。前辈们好像都有些盲目地相信泷老师，但我觉得，若仅仅出于'泷老师这么说'这个理由就放弃自我思考是不对的。"

"我没有盲目地相信泷老师。"

"那就好。"

奏把伞合上，从长椅上站起来。

"不撑伞了吗？"

"嗯，天已经暗下来了。"

周围的路灯亮着白光，沉默的喷泉旁只留下了飞溅而出的水痕。

吃过晚饭，终于到了部员们都翘首以盼的娱乐活动时间。久美子准备好水桶和蜡烛，开始给部员们分发烟花。还好今天是晴天，要是下雨，这么多烟花就都浪费了。

"给，这是手持烟花，先每人发两根。"

"谢谢。"

高一部员领过烟花后站着没动，她是落选的萨克斯声部部员。

"那个……部长。"

"怎么了？"

"我会支持部长的！"

"嗯？"

"部长加油！我会一直站在部长这边的！"

对方似乎只为说出心里话，只见她低头行了个礼便跑回了朋友身边。对久美子说这些话的不仅是她一人。不知为何，没能入选A组的高一部员中似乎掀起了为久美子撑腰的浪潮。

"久美子，有什么需要帮忙的吗？"

"我们也帮忙发烟花吧。"

绿辉和叶月走过来，久美子感觉自己的表情不自觉地放松了。自公布结果，她们二人对久美子的态度一切如旧，这样若无其事、不言于表的关心才是现在的她最需要的，久美子不禁感动得都要哭了。

"没关系。对了，今年还有喷花筒，很值得期待哦。"

"哇，好想看！小绿也想给烟花点火！"

"点火由泷川负责，不过要是拜托他的话，应该也可以让你来点。他现在大概和秀一在一起。"

"冢本刚才一个人回房间了哦。"

"欸？"

那家伙明明是副部长，在干什么啊？见久美子露出不悦的表情，叶月连忙劝道："好啦好啦，他看起来很累，好像是其他男生坚持让他回房间休息的。他也做了很多工作，估计太拼命了吧。"

"久美子也是，要是累了可以先去休息，一直工作肯定很辛苦。"

"我没问题的。"

只是，要是可以休息的话，真的好想休息一下，这才是久美子的真心话。活动已经开始了，部员们高高兴兴地点燃手持烟花。烟花"啾啾"地燃烧着，散发出浓浓的火药味。火焰变幻成红色、蓝色、绿色，在升腾的烟雾里留下鲜艳的印记。

"久美子，原来你在这里。"

丽奈一边把空的烟花包装袋揉成团，一边向久美子走来，她身后跟着燕、真由和顺菜。这个组合很少见，久美子疑惑地歪着头。

"怎么了？烟花的数量不够吗？"

"不是，我是来邀请你一起泡澡的。井上同学她们会帮忙照看部员们的情况，趁着有时间，不如先一起去洗澡吧？"

"久美子看起来很累，正好现在澡堂没什么人，这个时候好好在浴池里泡一下岂不是很舒服？"

真由从丽奈身后探出头。听她的口吻，提议的应该是真由吧。

"不错呀！"叶月马上附和道。

"久美子最喜欢的仙女棒烟花，我帮你留着，你们两个先去洗个澡吧。"

"那就麻烦你了。"

叶月她们微笑着目送久美子和丽奈离开。二人回到房间，准备好洗澡用的东西，向大浴场走去。虽然名叫大浴场，但更衣室和浴室的面积其实都很小，要想好好泡个澡，趁现在的时间去是最好的选择。

"选拔辛苦了。"

丽奈抓着挂在脖子上的毛巾说道。久美子轻轻叹了口气。

"真是累坏我了。"

"无论是哪种结果，我认为目前这样是最好的。"

"嗯，我明白。"

丽奈点了点头，把脸转过去，背对久美子。久美子很容易就能猜出来她在想些什么。对于选拔次数的增加，丽奈内心产生了冲突，她一方面认为自己是正确的，一方面又对久美子落选感到内疚。在丽奈的心中，这两种感情正纠缠在一起。

久美子不知道该说些什么，所以选择了闭口不言。两人的脚步声被灰色地毯吞没。这时，从走廊的另一侧传来愤怒的声音。

"这次的选拔真是不可理喻！小奏落选，纱月却被选入，太荒唐了！"

"话说，大号四个人也太多了吧？三个人不就够了，泷老师的想法太奇怪了。"

"还有，居然让黑江学姐担任soli……凭什么啊？只能说泷老师是故意要在社团内部制造矛盾。"

"对对，真的是。"

正在热烈地讨论八卦的三个人看到久美子和丽奈的瞬间当场愣住，刚才还滔滔不绝的嘴好像被冻住一样，脸色眼看着就开始发青。

丽奈的表情没有丝毫变化，只是夸张地叹了口气。

"是圆号声部的深町，单簧管声部的平沼和长号声部的叶加濑吧。"

听到丽奈认认真真地念出自己的名字，三人不禁打了个哆嗦。她们都是A组的高二部员。

"今天晚上十点，我跟你们有重要的话要说，请到娱乐室集合。"

"……不，不现在说吗？"

"现在外面在放烟花，不要在这个地方聊闲天了，快去参加活动。"

"是！"

丽奈无视急急忙忙逃走的三个人，迅速走向浴场。她的动作很粗暴，明显是生气了。

久美子泡进浴池，深深叹了口气。她举起手臂，雪白的肌肤沾上了水滴，在灯光照耀下闪闪发亮。

好不容易可以独占浴池，此刻却没了想把腿伸展开来好好放松一下的心情。丽奈坐在久美子旁边，从刚才开始就一直皱着眉，盯着墙壁上的斑点。

"那个……丽奈同学……"

"怎么？"

"你要教训刚才的后辈们吗？"

"当然要训，竟然用那种口吻对顾问说三道四。"

"但是任谁都会有发牢骚的时候吧？"

过分管束部员并非上策，这会导致整个吹奏乐部的氛围变差，进而影响演奏。

丽奈应该是理解了久美子的意思，她用沾湿的手把头发重新扎了一遍。几缕秀发从指缝间滑下，垂到了她的脸颊旁。

"就算知道会被大家讨厌，也是有可以容忍和不能容忍的事，这次毫无疑问是后者。"

"她们那么说，其实也不是不能理解吧？"

"你想说，是泷老师做错了吗？"

"不是这样的。"久美子立刻低下头，不敢直视丽奈。她不认为泷做错了，只是不确定泷的做法是否可以引领大家走向成功。

"我信任泷老师，无论发生什么，我都会听从泷老师的安排，因为老师为我们付出了许多。就算最后的结果不尽如人意，那也要怪我们不够努力，并不怪泷老师。"

丽奈的话饱含正义之气，像箭一般穿过久美子的身体。丽奈对泷的信任从来没有动摇过，但同时，这种信任似乎又并不是盲目的。

方才奏的见解和京都大赛前美玲说过的话，像旋转木马一样在久美子脑海里转来转去。这究竟是自己自然而然的想法，还是由于没被选上担任soli而在闹别扭呢？

"久美子，我们要拿到全国大赛金奖，要是被情感所拖累就没办法前进了。"

"我知道，而且也理解这条路上不得不面对一些残酷的事。"

——这个人，就好像是正义的化身。

Sary压抑着情感的哭声在久美子耳边复苏。那个问题不是已经妥善处理好了吗？为什么事到如今还会想起来呢？

久美子从浴池里站起来，强迫自己斩断记忆的锁链。透明的热水从浴池里溢出来。

"丽奈，差不多该回去了吧？我快泡晕了。"

"我要再泡一会儿。"

"好，那我在更衣室等你。"

原本她与丽奈之间，即便沉默也该是轻松的，但现在这种情况却只剩下尴尬。久美子把扎起来的头发散开，打开更衣室的门。空调的凉气从门缝吹进浴室。

两人从浴场出来后，想着活动应该还没有结束，便向广场走去。久美子一边用吸管喝着从自动贩卖机买的盒装牛奶咖啡，一边把头转向丽奈。

"现在回去的话，烟花的火药味可能会沾到头发上。"

"没关系，早上再洗个澡就好了。"

"早上洗澡啊……有点麻烦呢。"

"为什么？你今天早上不是起得很早吗？"

久美子吸得太过用力，纸盒稍微瘪了进去，她晃了晃盒子，确认喝光后扔到了垃圾箱里。

"被你发现了。我还以为都没醒呢。"

"我听到了你从房间里出去的声音。一开始还以为是小绿，但后来发现只有你没在被窝里。"

"啊，这样啊。"

"你去做什么了？练习吗？"

"只是出去走了走，散散心。"

今天早上，久美子一个人在广场待了一会儿后，就回到大厅稍微练习了一下。等到过了六点，沙里、雀和奏来了以后大厅才开始热闹起来。那时快公布选拔结果了，大家都练习得很认真。

"选拔结束后，早上来练习的部员应该会变少吧？"

"不知道，还是要看个人吧。全国大赛前也会有选拔，努力的人应该会拼命练习的。"

"的确。"

久美子一边点头一边用指尖摸了摸下唇。要是小奏能来练习就好了——这句话终究没能说出口。

"等……等一下。"

走廊深处传来响亮又急切的声音，一回头，便看到求站在那里不动。久美子朝他走去。

"怎么了，求？放烟花的活动已经结束了吗？"

"啊，不是，还没有结束。我找黄前学姐有点事情。"

"找我？"

久美子没想到求居然会主动向绿辉以外的人搭话，不由得有些惊讶。求露出一言难尽的表情，含糊地说道："副部长有些奇怪。"

"秀一？"

"怎么说呢，他好像有点不高兴，但他可是出了名的好脾气，所以现在大家都有点害怕……"

求低下头，不知道该怎么说下去。听说今年的男生部员以秀一为中心，关系十分融洽。如果让求都感到不安，可能真的出了什么大事。

久美子看向站在旁边的丽奈。丽奈用手打理着濡湿的黑发，努了努下巴。

"去看看吧。"

"可以吗？"

"就算我说不行，你也会去的吧。"

丽奈把手轻轻搭在久美子的肩膀上，然后潇洒地转身离去。还没等久美子回头，求便指向走廊远处。

"我去叫冢本学长过来，部长就在这里等一下吧。"

"好，我就在这里等着。"

"嗯，拜托了。"

求说完便离开了。久美子无所事事地等了几分钟后，便看见秀一拖着慢吞吞的步子走过来。耷拉着的眼皮，乱蓬蓬的头发，微微向下撇着的嘴角，无一不在诉说着他心情不好。

"为什么要为难后辈呢？求可不是那种会来请我帮忙的人。"

"我又没打算为难他们。"

"那为什么让他们担心呢？"

听到久美子的指责，秀一沉默了。总的来说，秀一是个心胸宽广的人，无论被其他人怎么说，他大多数情况下都会一笑而过，不过这仅限于矛头指向的是他自己的时候。

久美子这么想着，脑海里浮现出了一个假设，一个非常自以为是的假设。尽管没有任何依据，她却忍不住要说出来。

"难道说，你这么不高兴是因为我？"

大概被猜中了心思，秀一一言不发地低下头。若是平时，他应该会打个哈哈糊弄过去。

"秀一，你累到了吧？"

"没有，一点也不累。"

看到秀一别过脸去，久美子很生气，轻轻踢了一下他的膝盖。秀一比久美子高很多，如果他真的想掩饰自己的表情，久美子一定看不到。

"你不是'佛系副部长'吗？把气撒在周围的人身上可不好哦。"

"我又没乱发脾气。"

"真的吗？"

"是周围的人都担心过头了。说到底，我又没有生气，只是不理解泷老师的想法，所以很苦恼。"

"你不理解哪一点？"

"我想过很多次了，还是觉得你比黑江吹得好。"

秀一的话太直白，让久美子的内心一阵骚动，没办法再直视他的双眼。她立刻埋下头，心里不忘嘀咕一句：自以为是。

"我不这么觉得呢。"

"是吗？"

"真由吹得很好。秀一从初中开始就一直听我的演奏，听得太多，反而分辨不清了吧。而且，我对选拔结果没有任何不满，对泷老师的判断也心服口服。"

"真的？"

"我为什么要对你说谎？"

"也是。"

秀一暂且好像被说服了，他缓缓点了点头，眉头已然舒展开来。随后他抓了抓头发，露出轻松的笑容。

"说起来，还有一次选拔呢，后面还有机会。"

"是啊。"

"所以我们一定要晋级全国大赛！"

他露齿一笑。终于变回原来的秀一了，久美子安心地舒了口气。

"对啊，振作点，你可是副部长。"

"抱歉抱歉。"

秀一耸了耸肩，久美子以不会感到疼痛的力道拍了一下他的背。

久美子的行动初衷本是想让所有人都喜欢上北宇治，但回过神来却发现自己反倒成了纠纷的导火索。她想起真由微笑着呼唤自己名字的表情，又一次拍了拍秀一的背。

合宿第三天，一切都加快了步调。大厅的租借期限到下午三点，而之前泷把第二乐章与第四乐章的练习往后推了两天，所以今天必须在有限的时间内把其中的问题一个不漏地纠正好。泷平时就很严格，再加上新山和桥本也时不时地提出建议，部员们的精神压力很大。练习结束后很多部员都已精疲力竭，但令人欣慰的是，北宇治的演奏更趋向完美了。

　　"啊，竟然都练完了，我还以为这次合宿肯定来不及练习第四乐章呢。"

　　"最后勉强赶上了。"

　　泷从胸前的口袋里拿出手绢，擦了擦额头的汗。比赛主要看演奏的完成度和细节，每所学校都在同一首曲子上花费了大量的时间，反复练习了无数次，不断地修正改善，所以要说强校的演奏水平比专业人士还要厉害也不足为奇。当然，这个"水平"单指演奏这首曲子的水平。

　　"在接下来的时间里能把演奏质量提高到何种程度才是胜负的关键，距离关西大赛还有两个星期，我们的对手可是明工和龙圣，大家要鼓起干劲儿来啊。"

　　"今年明静工科高中的自选曲目是《达夫妮斯与克罗埃》，龙圣学园高中部是《岛之幻灭幻想曲》，很幸运大家没有选一样的曲子。"新山用手抚着脸颊，微笑着说。

　　大阪府大赛的结果也公布了，对手学校吹了什么曲目大家都一清二楚。三强中，大阪东照高中演奏了樽谷雅德的《沉睡的威西努之木》，秀塔大学附属高中演奏的是乔治·格什温的歌剧《波吉与贝丝》。

如此说来，清良女子高中的自选曲目是什么呢？久美子虽然很想问，但练习中又不能私下交谈，于是她只好压下好奇心，抬头看着正在说话的三位老师。

"泷可能已经说过了，这首《一年四季之诗》的作曲家户川先生，是我们音大时期的前辈，为管弦乐队编写过很多总谱。其实这首曲子是专门为泷而作的，大家知道吗？"

桥本漫不经心的一番话，让久美子霎时间不敢相信自己的耳朵。这件事还是第一次听说。

泷轻轻瞪了桥本一眼。

"不是说好了这件事保密的吗？"

然而桥本毫不在意，他张开手臂，环视着部员们的表情。

"我认为北宇治的大家在演奏这首曲子时应该知道这些。我每年都会说，我不希望大家成为演奏音乐的机器，并不是只有在比赛上胜出才算拥有好的音乐体验，像现在这样大家聚在一起演奏曲子，也是你们人生中特别的经历之一。写在曲谱上的音符并非乐曲的全部，我希望你们能成为可以体会到乐曲背后所蕴含的情感和故事的人。"

"话虽如此……"

"泷性格内向，很少说自己的事，不过大家别看他这副德行，他可是很有声望的哦，不然像我和新山这么优秀的乐手也不会来帮他对吧？"

"'这副德行'就多余了吧。"

"怎么啦？你就长着一张没有声望的脸嘛。"

桥本拍着泷的背，开怀大笑。新山表情平静地附和了一句："的确如此呢。"她会回应这种玩笑也真是让人意外。一瞬间，他们三人之间的气氛似乎回到了过去的某个时间。

桥本放开一脸不悦的泷，表情突然变得认真起来。

"总之，这首曲子是泷来北宇治前不久才完成的，虽然每个乐章的标题听起来都异常宏大，但那仅仅是前辈的嗜好罢了。"

桥本似乎又想起了什么，抬眼看向上方。用"嗜好"一词来概括作曲家的音乐表现足以体现出他们的关系很近。

"要是大家在网上搜索这首曲子，大概检索不出什么信息，这也是自然，因为前辈很少在公众面前露面，但其实他的曲子颇受好评。这首《一年四季之诗》是前辈的父亲去世后，他回忆起和父亲一起度过的一年时光而创作出来的，因此切身的悲痛和虚幻的美才是这首曲子的基调。几年前，前辈曾在喝醉了的时候说过'要是有一天，泷的学生能演奏这首曲子就好了'，而今天，这个愿望终于实现了。"

"真是美好的故事。"

新山微笑着应和，泷害羞地搔了搔脸颊。周围人的反应都差不多，唯独久美子一人想到了别的事情。

　　《一年四季之诗》描写了作曲家的父亲故去前一年的时光，刚才桥本透露的这个信息，久美子在县祭的时候已经从丽奈口中得知了。绿辉是个吹奏乐迷，她都不知道的事情丽奈却知道，这只能证明泷和丽奈私下有来往。不过这也没什么奇怪的，丽奈的父亲和泷是好友，丽奈是为了得到泷的指导才来北宇治的，这些事情久美子两年前就知道了，她从一开始就明白丽奈和其他人不一样，所以要说奇怪，认为这一切有点奇怪的自己才很奇怪。

　　为了掩饰内心的慌乱，久美子用手抓紧膝盖。泷是她尊敬的人，丽奈是令她引以为傲的挚友……然而为什么……到底是什么在她心里搅出了波澜？

　　"呼——"久美子禁不住叹了口气，真由注意到后看向她。桥本还在说着鼓励大家的话以及北宇治今后的目标之类的，但久美子却听不进他爽朗的声音。她的视线，被微笑着的真由所占据了。

　　真由伸出手，轻轻触碰到久美子的手背，随后顺着中指指尖游弋到关节处。久美子身上不禁泛起一层鸡皮疙瘩。看到她慌乱的模样，真由脸上笑意更盛。

　　要换吗？

　　真由用嘴型说出这简单的三个字。至于要换什么，已不言而喻。久美子条件反射地抽出手，中指感到异常燥热。

　　"黄前同学，你来喊一下号令可以吗？"

　　泷站在指挥台叫久美子，三位老师似乎已经说完话了。久美子愣了一下，不敢相信自己竟然漏听了泷的话，以前可从来没有过这样的事。

"黄前同学？"

泷的声音有些疑惑。久美子慌慌张张地站起来，"起立！"与此同时喊出号令。站在她身边的真由一脸淡然，似乎刚才什么都没有发生过一般。到底怎么了？久美子在心里小小地抱怨着。

为期三天的合宿就这样结束了，社团的气氛紧张起来，不过当初决定要增加选拔次数时，久美子便已预料到这种情况。让大家收起松懈的状态，振作精神，这个目标以她所不希望的方式达成了。

"接下来开始干事会议。"

星期一是召开干事会议的日子。早晨，声部队长和干事们便齐聚音乐教室。久美子靠在讲台边，读着分发下去的资料。

"最近，有意见说声部练习教室的清扫工作不到位，暑假期间大概只有我们会使用教室，请各位回去提醒一下大家不要敷衍了事。下周三有全国模考，高三部员大多都会缺席社团活动，而那一天安排的刚好是个人练习，所以请各位提前帮助后辈们解决演奏中的问题。"

"是。"

"不在A组的部员将会出席几场校外演奏会，由高三部员带领，应该不会有什么问题。他们会和A组分开行动，请各位随时关注一下，不要出什么麻烦。"

"是。"

"我要说的就这么多，大家还有什么想问的吗？"

有人举起了手，是圆号声部的高三部员。

"有些从A组落选的部员闹起了别扭，请问该怎么安慰他们才好呢？"

"不用管他们，不想练的人就让他们随便怎么闹吧。"

"呃……也不用说得这么绝情吧……"

久美子连忙安抚生气的丽奈。消极的情绪会传染给周围的人，这种问题要趁早解决才行。

"选拔才刚刚结束，他们会这样也无可厚非，我想过一段时间就会好的。如果想安慰他们，可以试着从'下次还有选拔'的方向鼓励他们。"

"我也觉得这样比较好，不用拐弯抹角、思前想后的。要是部内气氛太糟糕，我们的工作也很难展开嘛。"

提问者搔了搔脸颊，露出苦笑。她望向久美子的目光里似乎别有深意。丽奈"哼"了一声。

"说是很难展开工作，其实只是怕伤了情感吧？有紧迫感是好事。比起去年，曲子的完成度提高了不少。"

"这个倒是没错。"

秀一"嘿嘿"一笑。演奏水平有所提高这个事实，在场的所有人都切身地体会到了，提高自选曲目的难度或许也在一定程度上起到了推动作用。合奏时大家都不得不拼命集中注意力，因为一个音的错误就会使整个演奏分崩离析。

"就算对手是强校，我们也要带领大家在这场战斗中取得胜利！现在我们应该考虑的只有获胜方法这一点。"

丽奈的话掷地有声，部员们纷纷表示赞同。"战斗"真是个不可思议的词，明明音乐本该没有胜负之分。

久美子看着眼前的场景，不禁向后退了一步。丽奈引领大家前进的身影太过耀眼，让站在她身边的久美子自惭形秽。

个人练习、声部练习、全体合奏，每天都重复着同样的生活，没有一点新鲜感，但这是最高效的练习安排，即便单调也只能接受。久美子不自觉地绷紧双腿。

音乐教室里，泷用扬声器播放着刚才大家演奏的自选曲目的录音，演奏过程中没有注意到的小错误暴露无遗。乐句之间的衔接，切入演奏的时机，不和谐的和音……能注意到这些细微之处，同时也证明了大家的演奏水平有所提升。越是高质量的演奏，越容易发现不协调的地方。

"第二乐章有几处不到位的地方。这里节奏比较快，某种程度上也可以理解，但我认为还是有改善的余地。"泷冷静地指出，"让我有点担心的是第三乐章。能听得出大家都有些急躁，导致节奏缓不下来。第四乐章的变奏也是，降速和提速的处理都太粗糙了。大家发挥得好和发挥得不好的时候，有明显的差距。"

《一年四季之诗》这首曲子像是有着绝妙平衡的延卡舞[1]一样，组成乐曲的各章节看似各自为营，实则保持着微妙的平衡感。只要有一个环节出问题，整首曲子便会像多米诺牌一样分崩离析。

"我们对比着听一下京都大赛时的演奏吧。"

泷操作手边的电脑，再次从头放起自选曲目。对比着听下来，久美子更加直观地感受到了大家的实力突飞猛进。

北宇治变强了。然而，现在这个状态还称不上满意。

天空还残留着一抹夕阳，山间微亮，一弯新月斜挂在蓝天上发出淡淡的光辉。久美子抓紧书包提手，目光追随着走在前面的绿辉和叶月的身影，她们爽朗的笑声像流星一样消失又重现，如此反复着。

"我跟小雀说'那是猪骨头吗'，然后不知道为什么就冷场了……"

"小纱不是笑了吗？佳穗要是进A组了，这个时候肯定也会笑出来吧。"

"毕竟她的笑点很低嘛。"

"无论谁说了什么她都会笑呢。"

选拔结束后，A组成员和其他部员基本都是分开行动的，今天也是，因为后者参加了校外演奏会，所以久美子一整天都没能和奏说

1　芬兰民族舞。——译者注

上话。

四个人迈着轻快的步子向车站走去，休息日练习结束后的归途对久美子来说是难得的放松时间。

"说起来，今年泷老师有点奇怪呀。"

叶月的一句无心之语让丽奈蹙起眉头。拜托别提这个话题！久美子在心里拼命祈祷，无奈没有办法传达给叶月。

"总觉得……"叶月继续说了下去，"他过去更专制一点。以前他虽然总说尊重学生的意见，但实际上全凭自己的想法来做事，而最近似乎完全没有这种感觉了。"

"原来叶月之前是这么想泷老师的啊。"

"不不不，也没有总觉得啦，只是偶尔。真由和久美子的事情也……对吧？"

叶月双手抱在脑后，回头看了看这边。久美子表情僵硬，不理解她为什么要去"摸老虎屁股"。

"事到如今，这些话就不必再提了吧。"

"我觉得还是说清楚比较好，这也关系到低音声部以后的事情，对吧，队长？"

"我也这么想，但泷老师应该也有很多顾虑吧，我姑且也有自己的想法……"

绿辉突然意识到什么，慌忙用手捂住嘴巴。丽奈追问她。

"什么想法？"

"不知道这些话可不可以在久美子面前说出来……"

绿辉这么一说，任谁都会被勾起好奇心。久美子攥紧衣角，让她继续说下去。

"我不介意的，你说吧。"

"真的吗？"

"真的啦。"

绿辉停下脚步，转过身，抬头望向久美子。

"这真的只是我的个人想法哦。我觉得，让久美子来吹soli是最好的选择。"

"小绿原来是久美子派啊。"

叶月用手轻轻拉了一下领子。听她的口气，叶月应该是真由派吧。

"不是哪个派的问题，只是为吹奏乐部整体考虑，我觉得应该是这样。真由和久美子的实力不相上下，选谁应该只是个人喜好的问题。"

她的想法和奏一样。

绿辉用拇指抵着脸颊，嘟起嘴巴。

"这种时候要是选了久美子，老师可能会被说成偏心部长，而要是选了真由，也会被认为是在强调自己不会歧视转校生，人人公平竞争。也就是说无论选谁，泷老师都会被说闲话。明明他只是依据选拔时两人的表现做出了选择，但大家都过分解读这个结果了。"

绿辉的推测让久美子回想起曾经的事。京都大赛的时候，她怀疑过是不是因为自己是部长才入选，而这次选拔结果直截了当地证明了她的怀疑是错的。然而，她现在依然对泷的判断抱有怀疑。

"既然你认为泷老师是单纯依据实力选择了真由，为什么刚才又说觉得应该让久美子来演奏呢？"

叶月问道。她说话的时候，丽奈一直表情严肃地盯着地面。虽然不知道丽奈在想些什么，但可以肯定的是，她此刻非常不悦。

"如果两人的实力相差无几，那么选择久美子更有利于部内团结。大家一起参加社团活动，都开心点不是更好吗？要是过于讲究原则，一定会有人不好受的哦。"

"以部内团结为优先不是很奇怪吗？"

"说到底，要是泷老师能够妥善处理好这件事的话，也就不会出现这些问题了。真由也说了，对自己被选上演奏soli这件事感到很为难。"

"那就更不合理了。真由也是，又没做错什么，堂堂正正地接受不就好了。"

"小绿我觉得这样对真由说有些过分了，身为转校生，很多时候会感到难以启齿吧。"

"她顾虑太多了，久美子也这样觉得的吧？"

"这个要问我吗……"久美子苦笑起来。

"不能问吗？"叶月若无其事地说。她性格乐天却并不愚蠢，定是一直在等待着进一步试探久美子的机会。

"确实，她这个毛病从很早开始就让我感到困扰了，之前甚至还说过想退出选拔。"

"但久美子拒绝了她对吧？"

"那是当然。"

"那久美子也堂堂正正地就好了啊。"叶月一把搂过久美子的肩膀，手指紧紧握住她的上臂。

"明明谁都没有错，问题却越闹越大，前辈真是难当啊。"

这句低语不经意间戳中了久美子的泪点。对啊，谁都没有错。一股热流翻涌而上冲到喉咙，此刻，她好想呐喊。泪水模糊了双眼，她悄悄抹了一下眼角。

等再次睁开眼睛，世界变得无比清晰。

久美子在京阪宇治站下车后，从口袋里翻出月票。过了检票口后，她回过头，只见丽奈沉默地跟在后面。从刚才四个人的时候起，她就异常安静。

两人坐扶梯来到地上。外面天色已暗，月亮在一片昏暗中显得愈发明亮。走到该分别的人行横道时，久美子再次回过头。

她可以像往常一样与丽奈告别，但只说一句"再见"就离开让她觉得有些不妥。信号灯变绿，又变红。要不再稍微等等吧，久美子心想。这时，丽奈缓缓开口了。

"今天要不要绕点远路再回去？"

"好啊，我没关系。"

"那我们一起去宇治神社那边吧，我还想再走走。"

丽奈瞥了一眼变绿的信号灯，迈出脚步，久美子急忙追赶上去。两个人的立场，和刚才完全对调了。

从车站沿着河边的道路一直走，很快就能看到宇治神社。途中有条分岔路，左手边的路和"蕨之道"相连，最后会与宇治上神社的参拜道汇合。

她们两个人想绕点路的时候，大多会选右边的路。跨过朱红色的朝雾桥，便可以去往橘岛和塔之岛。丽奈看了看宇治神社的鸟居，接着将目光移向堤坝。

"就在这里如何？"

"好啊。"

两人坐在石头筑起的堤坝上，一言不发地眺望着奔腾的宇治川。最近没有下雨，河川的水位线比较低，浪花拍打到岩石上，水滴四处飞散，旋即被黑色的水面吞没。

丽奈用手指卷起发梢，在指尖转着圈，看向久美子。

"久美子也觉得泷老师奇怪吗？"

她重新组织语言，继续刚才的话题。久美子闭口不言。

"看来是这么认为的呢。"

丽奈用脚后跟踢着堤坝，似是在排解心中的焦躁。糟了，久美子心下想，明明自己早就察觉到丽奈对现状有所不满，却还是没能好好回答。

"最近吹奏乐部的气氛不太正常，大家都觉得泷老师很奇怪，这简直不可理喻。久美子也是，既然身为部长，就要好好尽责才是。"

见矛头突然指向自己，久美子目瞪口呆地看向丽奈。

"好好尽责是什么意思？你是想说，这次发生问题的原因，是我这个部长能力不足？"

"我不是那个意思，我只是不敢相信大家竟然不信任顾问老师。作为乐队的一员，在音乐创作这件事上尊重指挥的意见难道不是大前提吗？否则就是一盘散沙。"

"不是不信任。问题在于，泷老师今年的判断和去年相比变化太大了。"

"我不这么觉得。"

"京都大赛时小纱在B组，小雀在A组，仅仅是这样部内就已经产生了混乱，现在关西大赛小奏又突然去了B组。我明白泷老师的想法，不过有时候就算明白也无法接受。对泷老师的判断产生质疑，就是那么不可饶恕的事吗？"

"仅凭毫厘之差便能定胜负，这不正说明了北宇治实力高超吗？随着部员人数增多，人和人之间的差距自然越来越小。再者，改变乐队编成也很正常。说到底，对这种事产生不满，其实就是所谓的嫉妒吧？如果拥有远超他人的实力，就一定不会落选。不要把个人的不努力怪罪到泷老师身上。"

丽奈的主张自高一起就从未动摇过。久美子喜欢她的这种固执。丽奈从不轻易改变想法，她会在自己坚信的道路上一路走到底。然而，丽奈心中的真理，未必也是久美子心中的真理。

久美子用力握紧拳头，指甲深深陷进皮肤。

"丽奈总是这么说，但你所说的实力，也仅仅是和周围人相比之下的结果吧？香织学姐吹得也很好，但丽奈比她更厉害。如果丽奈没来这所学校，香织学姐就应该会是那个'拥有远超他人的实力'的人。"

"你是想说……我来北宇治是个错误吗？"

丽奈的声音微微颤抖着，月光照进她那双美丽的杏眼中。久美子摇了摇头，脑海中浮现出奏逞强的笑容。

"不是的。丽奈很优秀，非常优秀，既有天赋又肯努力。你说是对的，但我无法强迫其他人也接受你认为理所应当的事。他们每个人都在以自己的方式努力着，只用一句'不够努力'就概括所有，未免也太残酷了。"

"我不懂你的意思。大家来到北宇治都是为了努力晋级全国大赛，事到如今说这些话才奇怪。久美子，你可是北宇治的部长。"

"正因如此，我才不能对部员的声音置之不理。若只是有个苗头还能遏制住，但现在事态发展到这个地步，我已经无能为力了。况且，这次这件事，我无法完全信任泷老师。"

"你是认真的？"

"是认真的。"

丽奈闭上嘴，捋了一下刘海，几缕黑发溜过指缝。她用极为平静的声音说道：

"如果是这样，那你这个部长不够格。"

丽奈的话如同一把冰刃刺进久美子的心脏，让她无法呼吸。即便如此，久美子也没有打算收回刚才的话。

丽奈站起来，走下堤坝。"明天见。"她声音低落而冷淡。久美子习惯性地回了同样的话，目光不自觉地追随着对方远去的身影。

还好说的不是"永别[1]"。久美子心想，似是在看别人的故事。

"你回来了——"

迎接久美子回家的是姐姐麻美子慵懒的声音。久美子没有回答，而是直接进了自己的房间。她脱下校服扔到床上，换上居家服。T恤的领口走了形，皱巴巴的，久美子用手扯了扯。

"你这是什么打扮？"

看到久美子来到客厅，麻美子夸张地皱起眉。久美子无视姐姐，看向餐厅。

"嗯？爸爸妈妈呢？"

"今天他们两个去外面吃饭了，我鼓动他们偶尔也要单独出去

1　原文为"サヨナラ"，可译为"再见"，包含永别之意。——译者注

一下。”

“挺能干的嘛。”

“顺便一提，你今天的晚饭由我来做。”

“啊？”

饶了我吧。久美子早就切身体会过姐姐的黑暗料理了，此刻她的心思全写在了脸上。

“真没礼貌啊。”麻美子挑起一边眉毛，“倒也不用表现得这么明显吧。”

“我还什么都没说呢。”

“你想说的都写在脸上了。放心，今天吃速冻食品。”

麻美子说完便向厨房走去。久美子隔着吧台柜看向厨房，只见麻美子正一脸认真地读着鱼贝鸡米饭包装上的做法。看样子能吃到不错的饭菜。久美子心想，安心地坐到椅子上。不一会儿，麻美子就从厨房走了出来，她特意坐到久美子对面。

“今天也参加了社团活动？”

“嗯。说起来，姐姐打算在家里待到什么时候呢？这次时间可够久的。”

“我在租的房子里见到过一次蟑螂，所以不想回去。我打算一直住到不得不走的时候。”

“那房租岂不是浪费了？”

“反正是我自己掏钱，你以为我是为了什么又兼职培训班的老师，又兼职游乐场的咨询服务台啊？"

"原来你还在做这些兼职。"

"只是短期的。"

麻美子晃着手里的马克杯，轻轻耸了耸肩。

"你喝的是什么？"

"咖啡。你也要吗？你看起来脸色不太好，喝点暖和的怎么样？"

"不用了，再说我也没有脸色不好。"

"这么说，你本来就长着这样一张脸？"

"我就是长着一张看起来像笨蛋的脸，行了吧？"

"我可没那么说哦。不过说真的，你到底怎么了？社团活动不开心吗？啊，莫非和朋友吵架了？"

吵架……要是这么说的话，或许还真是。和丽奈之间闹得这么僵还是第一次，完全不知该如何是好。久美子盯着桌子上的木纹，用食指轻轻按着酱油壶的盖子，黑色的液体在透明玻璃瓶里荡出涟漪。

"我不想再说社团活动的事了。"

"这样啊，那跟我说说升学的事？快到暑期模考了吧？"

话题转换得太快，久美子有点没反应过来。麻美子用手托着下巴，盯着久美子，她的指尖做了漂亮的红色闪粉美甲。

"你打算写哪所志愿校？"

"我想选离家近一点的私立大学，专业的话就选文学部或社会学部之类的，指导老师也这么建议我。"

"嗯，挺好的。你性格认真，适合读文科类的专业。"

"还有适合和不适合之分吗？"

"那当然，专业不一样氛围也不一样。你们这些备考生总是不重视，大学是人生的另一个起点，要是不选一条自己喜欢的路，就太浪费时光了。"

"姐姐的话很有说服力呢。"

"对吧！"

"叮——"厨房传来一声提示音。麻美子撑起身子站起来，久美子将挂在吧台柜一侧的隔热垫取过来，铺在桌子上。麻美子从微波炉里拿出速食。

"看起来很好吃嘛。"

"只要给我点时间，鱼贝鸡米饭什么的还是能做的。"

"不做也没关系……总觉得会发生些恐怖的事。"

"真没礼貌。"

麻美子赌气似的鼓起脸颊，久美子不禁笑出了声。姐姐递过来的勺子是久美子小时候用过的儿童勺。

"好了，吃完这个快点去学习，你可是备考生。"

"我知道啦。"

久美子舀起一勺米饭。最上层的米饭几乎能把人烫伤，而中间却是温的，再加热一遍实在有些麻烦，久美子也就没有抱怨，默默地吃完了盘里的食物。

第二天早上，因为害怕与丽奈独处，久美子耍了点心思。她给丽奈发了条信息："今天我先走了哦。"然后坐上了比平时早一班的电车。从穿过检票口开始，一直到抵达学校，久美子都沉浸在纷杂的思绪中。丽奈会怎么想呢？她一个劲儿地猜测着。

久美子推开教学楼大门，在出入口换好了鞋子。在前往教职员办公室的路上，自责感席卷而来。或许昨天对丽奈说的话太过分了，明明自己成为部长就是为了让丽奈能按照她自己的方式来做事。

"打扰了。"

久美子敲了敲办公室的门。每日的例行工作早形成肢体记忆，就算有些心不在焉，身体也会本能地行动起来。泷摘掉耳机，看向门口。今天他很少见地没有喝咖啡。

"今天没和高坂同学一起吗？"

泷用柔和的声音探究她们疏远的原因。久美子微微一笑。

"我们也不是总在一起的。"

"这样啊。"

这个解释很敷衍，但泷一副了然于心的样子，抑或是他假装理解了。泷拿过放在桌子上的钥匙，然后指了指有些老旧的天花板。

"黄前同学是第一个，因为我还没有听见单簧管的声音。"

"义井同学和釜屋同学总是来得很早呢。"

"有干劲总归是好事。她们两个虽然刚入部，但都很努力。"

"嗯，确实呢。"

久美子接过钥匙后依旧站在原地。若是平时她会直接离开，但今天不一样。

"泷老师。"

"怎么了？"

泷稍稍歪着头。他沉着镇定的外表下透露出一股纯真和稚气，好似能让周围人都心生爱护之情。只要涉及音乐以外的事，他总有些神经大条。

"我有些事想问一下。"

久美子下意识地握紧拳头，冰凉的钥匙在温热的手心里彰显着存在感。泷双手交叉放在腹前。

"是关于选拔的事吗？"

"是的，是关于大号声部的人数。为什么这次不惜把上低音号减到两个人，也要把大号增加至四个人呢？"

泷的回答正如久美子所想。

"因为我认为关西大赛上的演奏，低音部分比较弱。如果我们的目标是晋级全国大赛，那就需要拓展音量的上下限。只有高音强是没有意义的，为了避免这种情况，我才增加了大号的人数。"

"这真的是泷老师想创造的音乐吗？"

听到久美子如此问，泷顿时瞪大了眼睛，他用右手捂着嘴，仿佛在掩饰情绪的波动。

"不愧是部长。这个问题虽然很难回答，但我很高兴你能提出来。"

"那个……您说的这个不算是答案。"

久美子不喜欢别人敷衍自己，她想让泷当场展示出他值得信赖的证据，而久美子当然清楚这是个无礼且傲慢的要求。

四月时，久美子她们定下了一个目标——获得全国大赛金奖。这是北宇治的绝对方针，而泷只是依照方针行事而已。这个目标是大家决定的，泷只是用他的方法帮助大家完成自己定下的目标而已。自己对他的不满以及其他部员们的做法都很不光彩。丽奈是对的，久美子明白这个道理，但即便明白……

"泷老师其实不喜欢为了比赛量身定制的音乐吧？"

"用喜欢和不喜欢去判断没有意义，我不认为迎合比赛是不好的事。归根结底，这种音乐是否真的存在都值得怀疑，无论哪所学校都是按照各自的喜好去创作和演奏的，不是吗？"

"那是……"

"确实，我可能比一般吹奏乐顾问更擅于取得好成绩，要说这是迎合比赛，那我也无话可说。我有能力让大家的音乐更适合比赛，大家也有能力达到我要求的水准，我很高兴看到大家的水平越来越高，要是能取得好成绩我会更加欣喜。这样不对吗？"

泷认真地说着每一个字。话中有他的自负，也有他的信念。

"对不起，是我唐突了。"

久美子低下头，泷轻轻叹了口气。他的桌子上摆着一个相框，照片里的四个学生笑着看向这边。泷的妻子，曾经也是吹奏乐部的顾问。

全国大赛金奖这个目标是已经逝去的妻子的梦想，也是泷的誓愿。

"我没有觉得唐突，你问这个问题是个好迹象。学生时代，人们总会在意他人的评价，而黄前同学则是想探究音乐的本质。你试着探索我所追求的音乐究竟是怎样的，并思考何为好的音乐，我认为这是件很了不起的事。"

脸颊火烧火燎般灼热，不是因为被泷表扬了，而是对自己站在这里这件事感受到强烈的羞愧。什么音乐的本质，太抬举自己了。久美子只是想把自己不成熟的原因归结到泷身上，她害怕泷提到自己的独奏，便拿奏她们来当了挡箭牌。

"我不是老师您说的那么了不起的人。"

久美子紧握着钥匙。泷有些困惑地看着她，随后突然打开桌子的第二层抽屉，里面放着文具和印章，他从里面抓起些什么。

"黄前同学，把手伸出来。"

"手？"

"对。"

久美子怯生生地伸出手，泷轻轻放了些什么在她的掌心。是裹着黄色包装纸的糖果。

"以前教导主任给的，回去的时候吃吧。"

"谢……谢谢。"

想不到教导主任还会分发甜食，但更无法想象泷吃糖时候的样子。久美子道谢后，泷不知为何面露满足的表情，目光也变柔和了许多。他把食指竖在嘴前。

"要对其他部员保密哦。"

久美子的表情放松下来，她把糖塞进书包口袋里。"这算封口费喽。"这句玩笑话终究还是留在了心里。

久美子从乐器室取出上低音号，清洗吹嘴，再用毛巾擦干净，做完所有准备后便走进音乐教室。她一边往吹嘴里吹气一边拉开窗帘，"噗噗"的金属振动声在明亮的室内回荡。

久美子从低音♭B开始，按音阶顺序吹响每一个音，在不给嘴唇增加负担的前提下尽量吹出敞亮的音色。等嘴唇变得灵活起来，她把吹嘴插回乐器里，一边吹气一边按活塞。悠然饱满的音色响起，久美子反复练习着长音，试图让其无限趋近于心中的完美音色。她按照清单一个个完成练习，如同一步步拾级而上。

"早上好！"

第二名部员来到音乐教室时，久美子刚练习到唇连音，高低变化着的♭B音戛然而止。

"早。"

久美子回过头，看到招手走来的梨梨花和点头示意的奏，两人身后站着沙里和雀。

"久美子学姐和奏学姐今天都好早啊,平时都是我们第一个到。"

"我也想着要从高一的手中把'第一'抢回来呢,不过没想到今天有个意料之外的伏兵。"

梨梨花笑呵呵地瞥了一眼空无一人的小号声部席位。

"高坂学姐不在呢。"

她的语气颇有深意,似乎觉察到高坂和久美子之间发生了什么一样。

"今天我先来了,丽奈应该马上就会到吧。"

"这样啊。"

奏把书包放到地板上,坐到久美子身边。其他部员都开始准备乐器了,奏却一动不动。久美子把怀中的上低音号放到膝盖上,将身体转向奏。

"小奏……你还不开始练习吗?"

"我还想再观察一下久美子学姐。"

"为……为什么?"

"再过一会儿学姐可能就会松口了。"

奏用手托着脸颊,微微歪了歪头。她做出的每一个动作似乎都是为了引起对方的注意。

"嗯?"她撒娇似的凑近久美子,"和高坂学姐吵架了?"

"为什么这么说?"

"因为久美子学姐不会没有任何理由就独自一人来参加晨练。我个人觉得没什么哦，吵架证明你们关系很好嘛。"

"这算什么理论……"

"没有争吵的关系是畸形的。要是把对方当作神明，连反抗的心思都不会有呢。"

奏的语气中透着戏谑。她所说的关系，指的是谁和谁之间的关系呢？是指世间所有人，还是指泷和部员，抑或是丽奈和久美子？

久美子的表情不自觉地变得僵硬，奏却愉快地笑了起来。

"久美子学姐苦恼的样子很可爱呢。"

"呃，你这么说我可一点都高兴不起来。"

"没必要害羞的嘛，学姐一点也不坦率。"

奏用手掩着嘴，指缝间露出白皙的牙齿。似乎很久都没看见过这样有活力的奏了，一念及此，久美子的心口突然疼了一下。

公布选拔结果后，和奏在一起相处的时间少了许多。

"那个……久美子学姐。"

沙里组装好单簧管，小心翼翼地向久美子搭话。看来她一直在找插话的时机。奏和久美子双双看向沙里，她将一头黑发松松地绑在脑后，显得气质温婉娴静。

"怎么了？是有什么事想商量吗？"

"没什么，就是想和学姐说几句话。"

沙里握紧抱在怀里的单簧管。日出节前，她在心理方面出现过问题，但现在她的状态已经完全不用担心了。她双目有神，脸颊潮红，浑身洋溢着积极向上的气息和坚定的使命感。

"我想晋级全国大赛！想听久美子学姐演奏的soil！部员们也都支持着久美子学姐，所以，我会在关西大赛上加油的！"

久美子被对方的气势震慑到了，只下意识地发出几句"啊""嗯"之类的应和声。或许觉得这样的反应远远不够，沙里依旧站在原地。左手边的奏的视线像针扎一样刺痛着久美子的脸颊，她装作没有注意到，强迫自己扬起嘴角。

"谢谢，我很高兴。"

久美子知道这不算模范回答，本来她应该再加上一句"也要为真由加油哦"，不过她不想在这种时候泼冷水，于是忍住了。

被人支持和期许让久美子很开心，既然这样能激发大家冲向全国的斗志，那就这样也可以不是吗？

"啊，高坂学姐。"

门外传来雀的声音，久美子看向走廊。丽奈的手搭在门把上，面无表情地看着这边。一瞬间，尴尬和内疚一齐涌上久美子的心头，她用手搔了搔脸颊以掩饰窘迫。

"早，丽奈。"

"早，今天练习结束后要开会，你没忘吧？"

"啊，干事会议是吧？"

"对，我把笔记本拿过来了，给。"

丽奈递出笔记本。蓝色封皮上用油性笔写着"北宇治高中干事笔记"几个字，那是久美子的字迹。

"也传给冢本看看。"

丽奈说完，便像平时一样坐到座位上开始做练习的准备，"咔嚓咔嚓"的金属碰撞声传来。是打开乐器盒的声音吧？久美子心想，转过身背对着丽奈，开始翻看笔记。最新一页上，只有丽奈的字迹。

【北宇治高中干事笔记】

八月　第四周的星期一　　　　　　　　　记录人：高坂丽奈

放学后高三一班忘记锁门，被教导主任发现了。距离关西大赛越来越近，再小的事情都不能松懈。桥本老师虽然说过大家只要开开心心地享受音乐就好，但对我来说，感到开心并不能让我满足。为了取得好成绩，让我们竭尽所能去努力吧。

读完后久美子回过头，丽奈正高声吹着小号，声音洪亮。应该是正式练习前的热身吧。一切一如往常，无论是她在本子上写的文字，还是从背后传来的小号声。

丽奈把昨天的事情当作没发生过。

久美子无意识间叹了口气，是因为安心还是失望呢？她拿起尾端被绳子绑在曲谱架上的铅笔，在空白处的留言栏里，用和平常一样的语气添上了一句话。

——今年一定、绝对，要晋级全国大赛。（黄前）

久美子选择同样若无其事。

"从双簧管开始调音。"

合奏前的基础练习由丽奈进行指挥。梨梨花稍微活动了一下嘴唇，然后含住簧片，吹出一个保持一定音高的长音。在此基础上，各声部依次吹出乐声叠加其上。听到自己的声音被恰如其分地包裹住并与之融为一体，是一件十分愉悦的事。声音越来越有层次感，却依旧保持着绝妙的平衡。这是少了任何一个人都无法再现的声音。

"一号，长音。"

"是。"

久美子翻开基础性练习用的乐谱，每一页都标记着数字。重音、渐强音、唇连音、运舌法、和声……丽奈的任务就是在众多乐谱中，有选择性地挑出几个让大家进行练习，然后通过把控细节、反复演奏的方式，让所有部员发出的声音逐渐统一。

可以说，正是一直以来的累积才成就了北宇治的音乐。如清良与明工的演奏都有自己独特的风格一样，北宇治也有了属于自己的声音。

"接下来顺一遍自选曲目的第四乐章。"

白色指挥棒轻轻敲击着曲谱架，泷的声音回荡在耳边，久美子猛然回过神来，抬起头。基础练习已经结束了，指挥从丽奈换成了泷。收纳在乐谱夹里的谱面上记录着久美子迄今为止得到的指点，甚至连满是休止符的第三乐章也写满了批注。

"要和丽奈步调一致！"

要是目光能把这些文字涂黑就好了。脑海中冒出来的想法实在太没出息，久美子不由得自嘲地笑了笑。北宇治今年离全国大赛这个目标越来越近，虽然部员们似乎分成了两个阵营——久美子派和真由派，但这种对立本身似乎让大家变得更有动力了。

"只要晋级全国大赛，久美子学姐就有机会通过选拔重新夺回 soli 的位置。"合宿结束后，部员们晋级全国的执念越来越强，而一想到其中的根本原因在于自己，久美子便会被强烈的不安所笼罩，就好似猛烈的暴风雨即将来临，手边却只有一把仅剩伞骨的雨伞。久美子感到万分忧心，但她并没有把心中涌动的情感透露给任何人。

北宇治的成长速度之快，甚至吞没了个人的不满与反感。吹奏乐部的运营为重中之重，在集体面前，久美子所怀有的不安情绪只是沧海一粟。

*

关西大赛分为前半场和后半场，二十二所学校中，北宇治的出场顺序为第十八号，预计下午四点二十五分出场。

"晕车了？"

久美子埋着头，坐在她身边的丽奈从下往上窥探着她的脸。由于系着安全带，久美子感觉有些拘束，但身体没什么问题，她默默地摇了摇头。

大家乘坐租借的两辆大巴前往比赛会场——兵库县文化中心，A组成员和泷坐第一辆，B组部员和美知惠坐第二辆。装载着五十五名部员的一号大巴里充斥着讨论声和自选曲目的旋律，久美子身后，低音声部的部员们正一边翻看乐谱，一边小声哼唱着自己负责的部分。

"冢本同学，昨天睡得好吗？"

"老实说不怎么好，不过醒来后还挺精神的。"

"幸好今天的集合时间和平时一样，要是像京都大赛那样清晨集合的话，有些学生可能会适应不了。"

泷和秀一正在聊天，他们坐在久美子对面，相隔一条走道。今天，北宇治一如既往九点开始合奏，大家提前在音乐教室吃完午饭后便开始搬运乐器。京都大赛时是凌晨三点集合，相比之下，今天的行程安排要宽裕得多，一切都很顺利，既没有迟到的部员，也没有睡眼蒙眬一直打哈欠的部员。

"听说前半场比赛的结果已经出来了。"

丽奈轻轻拍了拍久美子的胳膊，想引起她的注意，而这些小小的肢体接触，对于现在的她们来说却有一点别扭。那细微的不协调感，甚至连周围的人都注意不到。

"结果怎么样？"

"前半场得金奖的是五号的明静工科高中、八号的大阪东照高中、九号的龙圣学园高中部这三所学校，大阪两所，京都一所，也算是意料之中。"

上午比赛的学校中，只有获得金奖的学校会留在会场，等待公布最终结果。二十二所学校全部演奏完毕后，才会决定晋级全国大赛的三所学校。

"后半场的话，十三号的秀大附属应该会得金奖吧，他们去年也进了全国大赛。"

"也可能会出现黑马呢。"

"就像两年前的北宇治？"

"有可能，还有去年的龙圣。"

"嗯，可能性还是有的。"

说到底，最终结果在比赛结束前是无从知晓的。被大家认为极有可能获得金奖的学校或许会马失前蹄，而一直没什么名气的学校或许会完成蜕变。关西大赛，是一个不容许骄傲自满的地方。

"哒"，丽奈用指尖敲着文件夹。食指、中指、无名指，这三根手指做出的动作是指定曲目中盘某段乐句的指法。

"……嚓，嚓嚓嚓，嚓。"

久美子下意识地接了上去，丽奈顿时瞪大了双眼。久美子用大拇指和食指做出一个圈，贴在唇边。

"错了？"

"没错。"

丽奈摇了摇头，唱起相同的乐段，两个人的声音再现出小号和上低音号的旋律。大巴抵达会场前，她们把同一首曲子哼唱了很多遍。

"准备好乐器后请有序移动，打击乐部和大部队是分开行动的，有什么急事的话记得提前说一声。乐器盒和随身物品请放在指定的存放处。"

"是。"

"遇到了其他学校的人要好好打招呼。既然穿着北宇治的校服，就不要做给学校抹黑的事，大家都听到了吧？"

"是！"

"那么可以解散了。"

部员们按照久美子的指示各自行动起来。会场一角的过道被划分给了北宇治，乐器盒要是横着放会影响别人通过，所以大家都将其立了起来。"你好——""你好！"已经结束比赛的他校部员们络绎不绝，频频向这边打着招呼。

"明里，一年级的部员说好像把调音器落在哪里了。"

"欸？上面写学校名了吗？"

"她说只写了自己的姓名。总之，先向本部确认一下吧。"

"可以，然后记得指示各声部队长接下来的安排。"

"明白。"

快步走开的女生有些眼熟，好像是秀大附属的学生。她们注意到北宇治后露出可爱的微笑打了声招呼："你好！"北宇治的部员们也礼貌地予以回应。今天一天，嘴巴都要变成复读机了，脸上无时无刻不在保持着微笑，久美子用手揉了揉僵硬的脸颊。

"不行，太紧张了。"

"哇，叶月学姐，你没事吧？！"

叶月用手按着胸口，后辈们围着她。美玲无奈地拍了拍慌张的纱月。

"纱月，你好像更紧张啊。"

"因为这是我第一次参加关西大赛嘛！"

"要这么说，那这还是我第一次来关西大赛的会场呢。"

雀不知为何一脸骄傲地推了推黑框眼镜。她戴的是威灵顿框型的眼镜，也在京都大赛时戴过，头发没像平时一样扎成两个丸子，而是绑得很低。

在场的都是A组成员，自然没有奏的身影。久美子意识到此刻与京都大赛时的不同后，好似肌肤里面起了鸡皮疙瘩一样，感受到一种奇妙的战栗。

大号声部旁边，绿辉抱着低音提琴，正和求比较着彼此的乐器。

"嗯，好像没什么问题呢。"

"我想应该没有问题吧。"

"求紧张吗？你在京都大赛的时候，精神绷得可紧了呢。"

"那是……我现在很平静。我今天能做的就是竭尽全力。"

"不愧是求。"

"我可是绿学姐的徒弟。"

求挺直胸脯，意气风发，好似一只在炫耀项圈的忠犬。这种时候真不知道到底是该微笑，还是该表示震惊。

久美子向活塞里注入润滑油，按压了几遍，每次按下去都能听到弹簧回弹的声音。昨天，她已经用清洁布把金色号身擦得闪闪发亮。久美子控制住想要把耳朵贴过去听的冲动，她紧紧地抱着乐器，不断安慰自己"这次演奏一定不会成为最后一次"。

"觉得不安吗？"

一个人的影子挡在面前，久美子抬起头，看见真由正低头望着她。真由和久美子一样扎了马尾，一些碎发沿着脸颊垂下，蹭着她的耳垂。

"是有些不安，不过没关系。"

久美子抱着乐器，站了起来。裙子比以往要长，裙边正巧及膝。平底鞋的鞋底有些磨损，而搭配的白色袜子却一尘不染，显得有些不协调。也不能这么一直盯着地面，久美子缓缓抬起头，真由感受到久美子的视线后，开心地笑了。

"正式比赛好紧张呀。刚才在大巴上的时候聊了一会儿，小绿真厉害，像她那样精神强大的人，我以前从来没见过。"

"我也是，没见过其他像小绿一样的人。"

"该怎么形容呢……她很达观。我好想成为像小绿一样的人啊，一直以来我都很崇拜自信的人，不过变成自己理想中的样子，果然还是很困难的吧。"

银色上低音号的号口边缘压着真由的脚。久美子也学真由的样子，把乐器向下放了放。脚尖感受到号口坚硬的质感。

"不是丽奈，而是小绿吗？"

"什么？"

"真由崇拜的人。有自信的人，无论怎么想都是丽奈更符合不是吗？后辈中有很多人都很崇拜丽奈哦。"

久美子余光一瞥，看到美玲正被纱月和雀抱着夹在中间，完全不知道是什么状况。叶月更是张开手臂准备环抱住她们三个人，虽然手臂不够长，无法完全抱住，但四个人的表情看起来都很幸福。

"那是'最喜欢的拥抱'吧。"

"欸？"

话题转换得太快，久美子的目光重新回到真由身上。真由用空着的手指向大号声部的众人。

"我听说那是'亲肤疗法'哦。刚知道的时候大吃一惊，觉得很有意思。"

"啊……我还没见过四个人版本的，所以完全没想到是这个游戏。"

"最喜欢的拥抱"是由南中发起的游戏，目的是加深部员之间的感情交流，去年在北宇治很流行。方法非常简单，大家拥抱后，再各自说出喜欢对方的哪些地方。

"我也想和久美子试一试呢。"

"呃……有点不好意思。"

"不是现在也没关系，等久美子喜欢上我的时候我们再拥抱吧。"

真由轻轻垂下眼睛。久美子看到她唇边的微笑，不知该如何作答。她这句话听起来就像在说久美子并不喜欢真由一样。

"部长，差不多该走了。给我们下指示吧。"

秀一手拿长号，打断了久美子。这个时机也不知是好是坏，不过他的出现化解了原本尴尬的气氛。久美子抱起乐器，马上喊道：

"差不多该前往彩排室了。在那里可以试奏，请不要忘了拿要用到的器械！"

"是！"

部员们有序出发，久美子和秀一穿过人群的缝隙挤到最前面，已经走在前排的丽奈瞥了他们一眼。

"紧张吗？"

"有一点，不过不会影响发挥。"

"那就好。"

丽奈背过脸去，雪白的脖颈鲜明地映在久美子的视野里。

　　登上正式舞台之前，部员们还有几件事情要做。他们要按照时间表规定的时间移动到指定位置，然后进行试音并练习开头部分的合奏。正式比赛时，每所学校的舞台时间为十五分钟左右，其中包括上场和退场的时间，而演奏若是超过十二分钟的时限则为不合格，所以无论哪所学校都会严格遵守时间规定。然而即便如此，很多时候还是会比预定时间有所延迟。

　　"第十七号果永高中的演奏结束后，会有十五分钟的休息时间。我们可以利用休息时间做上场准备，京都大赛的时候我们排在第一个，这次会比那时稍微轻松一些。"

　　泷身着礼服，向部员们微微一笑。彩排室里，大家从刚才开始就一直在重复演奏指定曲目的开头部分。

　　果永高中是和歌山县的强校，若没有休息时间，说不定还能在后台听到他们的演奏。他们今年的自选曲目是《圣诞之女》。春天的时候，泷也曾将这首曲子列入北宇治自选曲目的备选中。

　　"不好意思，大家把开头部分再练习一遍可以吗？"泷看了眼时间，然后挥起指挥棒。他会在有限的时间里让大家练习到最后一秒实在少见，也许感到紧张的不仅仅是部员们。

　　"……三、四。"

　　按照泷的指挥，所有乐器一齐发音。无论多少遍，大家都能精准对上第一拍。经过长时间练习，北宇治作为强校拥有了再现音乐的能力。不论重复多少次，不论遇到什么样的情况，北宇治都能平稳发挥，演奏出高水准的音乐，这就是泷一手培养出来的北宇治的强项。

"好，到此为止，非常棒。"

泷用一句话中止了演奏。大家刚才只发挥出了八成的实力，即便如此，泷依旧予以表扬。在排练的时候不应该发挥全力，他基于这一点共识给出了如此评价。

"今年在关西大赛之前也举行了选拔，所以参赛者与京都大赛时有所不同。合宿那天，我为了让北宇治演奏出最好的音乐，选择了五十五人，那就是在场的各位。"

泷顿了顿，有些犹豫地轻轻摸了摸下巴。部员们耐心地等着他继续说下去。

"我认为大家的音乐、北宇治的音乐就是最棒的。诚然，我们不可能丝毫不关心结果，但在此之前，我们要先思考如何演奏出让自己无悔的音乐。仅仅是一场比赛而已，大家无需逞强，像平常一样去演奏就可以了！"

"是！"

"干事们还有什么话要说吗？"

闻言，丽奈向前一步，她手中的小号闪烁着金色光芒。

"一年前的今天，我们也曾在这个地方试音、练习，然后穿过那扇门，登上舞台。自那之后一年过去了，今天，我们和新的伙伴们一同站在这里。"

丽奈昂首挺胸，她的背影在不知不觉间和优子重叠在一起。去年的关西大赛，久美子记忆犹新。那场大赛有她心目中理想的部长优子，有笑着对她说"加油"的夏纪，有信誓旦旦说要演奏出最高水准的霙和希美，有这一切的一切。

那一天，久美子她们立下誓言——"明年一定要晋级全国大赛"。

"我对大家的要求很多，我也承认自己是个严厉的前辈，但这一切都是因为不想在今天这个日子里后悔。今天无论我们是哭还是笑，都只有一次机会，就让我们尽一切所能，让北宇治走到最后吧！"

"是！"

大家齐声回答，所有人都干劲十足。久美子感觉到喉咙有股热流涌出，她使劲吞下一口口水。

"我也想晋级全国大赛！"

她没有像丽奈那样喊出来，但这句呢喃似乎也传到了部员们的耳边。"晋级全国吧大赛！"不知谁叫喊了一句，可能是后辈部员喊的，也可能是同年级部员喊的。

"现在在场的部员，以及没在场的部员，我想带领大家一起晋级全国大赛，我想再一次在舞台上吹响这首曲子，所以从现在开始的十二分钟，请大家发挥出全力，希望我们的演奏能让所有人都感叹北宇治是最强的。"

久美子握紧拳头，举起手臂，部员们霎时明白了她的意思。久美子深吸一口气，睁大眼睛喊道：

　　"来让我们喊出口号！北宇治，加油——！"

　　"加油——！"

　　所有部员一齐举起拳头。眼前的光景不知为何让久美子回想起四月多数表决的那个时候。

　　"接下来进行演奏的是第十八号，京都府代表，京都府立北宇治高中吹奏乐部。"

　　幕布背后的世界被温柔的黑暗包裹，那是昏暗的观众席。部员们的脚步声、呼吸声，椅子的摩擦声，乐谱的翻动声……嘈杂的声音从舞台传开。久美子坐在位子上环顾四周，右边是真由，左边没有人，她的脚趾隔着鞋底用力抓紧地面，蜷曲的指头微微颤抖。

　　"该校演奏的指定曲目为第四首曲目，自选曲目为户川秀明作曲的《一年四季之诗，为吹奏乐而作》。指挥，泷升。"

　　泷登上指挥台，纯白色的光洒在他身上，聚光灯在观众席和舞台之间画出一条分明的界线。掌声如同浪潮般退去，大厅重归寂静。泷环顾一圈部员们的脸，嘴角洋溢着笑容。指挥棒扬起，所有部员的目光都追随着指挥棒尖端的一点，演奏声旋即响起。

　　和音从低音开始层层叠加，拉开了演奏的序幕，两小节的和音悠扬舒缓。旋律在第四拍爆发，随着泷发出指示，铜管乐器奏响华丽的主旋律，编织出轻快的进行曲。从某种意义上来说，这首曲子的主角是大号。乐手们使用运舌法吹出四分音符，节奏整齐划一。低音保持着一定的节奏，奠定了全曲的基调，这才是整首曲子赖以呼吸的心脏。

强而有力的旋律贯穿乐曲始终，然而主导的乐器随着演奏的进行一直在变化着，从单簧管到萨克斯，再到长笛。紧接着，铜管乐器奏响中低音，上低音号舒缓的旋律渐渐吞没欢快的木管之音。装载了弱音器的小号用弱音吹出和大号一样的节奏，虽然听起来只是简单的四分音符，但用小音量吹出高音需要极高的技巧。长笛的助奏宛如窃窃私语，其中穿插着"踩到猫了"那段标志性乐句。小鼓敲打出绵密的音符，萨克斯轻快的节拍在其上驰骋。

指挥棒温柔地在空中挥舞，突然间，快节奏的曲调渐渐变缓。单簧管优美的旋律宛如柔和的晚风拂过耳畔，美丽、清透，又带着些许温暖。风铃宛若繁星闪烁，在一片寂静中施展着魔法。接着是拖着长拍的延长音，在吊足听众的胃口后，六小节的次中音萨克斯独奏登场了，轻快的进行曲化为爵士乐。次中音萨克斯独奏是能营造出氛围感的即兴风格，高音沙哑而摄人心魄，演绎出《跳跃的猫》中最精彩的一段乐章。独奏结束后，近夫脸颊通红地放开吹嘴。如果是普通的演奏会，这会儿一定会响起热烈的掌声。这段独奏倾注了他的所有热情。

即将曲终，旋律又重新回到了进行曲的调子，大家配合着指挥奏响了完美的起音，随后以"踩到猫了"为基调的旋律爆发，气势如同雪崩。小号奏出高亢的主旋律，打击乐器予以辅助配合，音乐如同打翻了的玩具盒子，欢快明亮的音符霎时倾泻而出。铜钹气势磅礴，低音鼓雷霆万钧，紧接着，突如其来的渐弱音迅速将旋律引向结尾，最后两小节的节拍变化无常，如同奔跑的悍马，但最终在泷的指挥下安静下来。

久美子凝神静气，随着指挥棒停止挥舞，她也精准地在最后一刻放开了活塞。指定曲目结束了，接下来是自选曲目，整个大厅只有打击乐部的部员们搬动乐器的脚步声。咚，咚，咚，心脏好像在敲钟，刺激着久美子的鼓膜。她用舌头舔了舔干涩的嘴唇，深吸一口气，氧气进入肺部，思绪冷静了些许。久美子用余光看了一下身旁的人，真由正用右手抚摸着银色上低音号的曲线，左手摆好姿势搭在第四活塞上，她宛若守护着重要的宝物般，用手臂环抱着乐器。

泷用目光示意担任独奏的高久智绘里，轻轻点了下头。自选曲目由单簧管独奏拉开序幕，所以开始时机全权交给了独奏者智绘里来掌控。

智绘里微收下巴，挺直身板，把簧片衔在嘴里。随后，澄澈而温柔的音色打破了寂静，让人不禁联想到温暖春日，万物萌芽。泷抬起手腕，指挥棒的尖端微微向下，长笛声响起，附和着孤零零的单簧管，仿佛在庆祝春天的到来。随后，单簧管一齐响起，铜管乐器的声音也渐渐融合。"铛——铛——"管钟用庄严的回响宣告一年的起始，铁琴奏出轻快的旋律，好似春风荡起枝条，枝叶缝隙间洒下的阳光微微摇晃。

　　突然，一阵风刮过，撕开温和平稳的氛围。音符和音符撞击着，气势磅礴的小号齐奏引出复杂的主题乐段，柔和的木管旋律和激烈的铜管旋律交替出现，碰撞出火花。骄阳如火，热浪滚滚，春天过去了，夏天来到了这个世界。

　　没有丝毫停歇，旋律快速过渡，所有乐器看似在随心所欲地自由演奏，整体却保持着某种平衡，彰显出超凡的技巧，饱含能量的音符四处迸发。

　　方才似是在谈笑风生的乐器一个个闭上了嘴，一阵激烈的小鼓鼓点过后，三小节的马林巴独奏拉开了序幕。演奏者双手各持两根琴槌，用力敲打着木质键盘，奏出精准无比的音符。长号歌颂着夏天的喜悦，主题在延续，充满力量的旋律傲慢地宣告此刻将永远留存。加入演奏的乐器逐渐增多，吹响第二乐章的主题，先是渐强音，接着慢慢变弱，最后从舞台上消失。

　　一片寂静中，低音提琴哀愁的叹息声响起，那是令人预感到终局的悲伤的乐声。绿辉每一次用琴弓拉弦，都能带动久美子的心神。秋风吹，空气中带着丝丝凉意。木管乐器互相附和着，绵密的低语缓缓流淌，铜管保持着寂静。久美子看到休止符，便把乐器横放在膝上，坐在她身边的真由摆好吹奏姿势。泷向真由伸手示意，下一秒，悠扬的乐声便充满了整个大厅。

　　真由奏出的音乐如梦如幻，让人联想到月光。小号旋即加入进来，应和着上低音号婉转的音色，两个声音相互追逐着，如同对话一般。每个投入空中的音符必有回响，这就是幸福。谁都能预感到离别终有一日会到来，即便如此，却依旧深信"永远"存在。久美子想把这一瞬间深深刻在自己眼中。

小号的高音好似孤独的狼嚎，悲伤中却又透出甜美的魅惑。久美子把吹嘴贴到唇边，本来只有两个人存在的时空开始骚动。狂风暴雨中，长号滑奏铿锵有力地响起，冬日的纯白吞没了一切。

尖锐的圆号齐奏宛如悲鸣，贯穿始终的主题旋律改变了表现形式，变得跳跃发散，不可掌控。时间好像在加速，节奏急剧变化，从天而降的音之雨渐渐汇合在一起，化为一个整体。最后，第一乐章的主题再次出现，冬去春来，在寂静与悲伤之中，世界照进了希望的光芒。

泷向上挑起指挥棒，乐队跟随指示发出渐强音，厚重的音层渐渐膨胀，在最后一刻盛大爆发。余韵在空气中残留，直到最后的最后。久美子把乐器从嘴边移开，慎重地闭上嘴。

观众席沉寂片刻后响起了惊天动地的掌声。泷低头道谢，掌声愈发响亮。久美子一边准备退场，一边做着深呼吸以平复凌乱的喘息。

真是完美的演奏。久美子在心中呢喃，大概其他部员也都如此认为。

比赛结束后，部员们准备在大厅外的广场拍纪念照，大家抱着乐器登上台阶，整理队形。一般这种时候，低音声部的部员都站在最前排，因为站到后排的话乐器会妨碍到别人。专业摄影师给出信号后，众人面对相机露出微笑。集体合影后是各声部分开拍照的时间。

"来，茄——子！"

真由拿着的相机正是那次去游泳时带的胶片相机，她盯着取景框，走到哪儿拍到哪儿。

"我记得你修学旅行的时候好像拿的是数码相机。"

"因为那次有三天，相机内存要大些才好。"

"原来是这样。"

"不说那个了，大号声部的同学，大家靠近一点。好，我拍了哦——"

"咔嚓"，真由按下快门。前来帮忙的B组成员也到了，拍照现场越来越热闹。

"久美子学姐辛苦了。"

"哦，小奏，你什么时候来的？"

耳畔的声音近在咫尺，久美子被吓了一跳。穿着夏季校服的奏噘起嘴。

"我一直在哦，可能是因为久美子学姐一直热切地看着黑江学姐，所以没注意到我吧。"

"我才没有那样看呢。"

"真的吗？那也许是我看错了。"

奏用手掩住嘴，挡住了一半脸，神气扬扬的睫毛在大眼睛上忽闪忽闪的。

"今天北宇治的演奏真棒，要是久美子学姐吹soil那就更完美了。"

"这么说对真由有些失礼哦。"

久美子委婉地提醒道。奏隔着蓝色水手服的袖口抓住久美子的手腕，红唇魅惑地勾起，抬眼望着她。奏似乎深知自己的魅力。

"我知道，所以才这么说的，不用担心。"

"知道的话就更不应该……"

"在我面前就不用装好人啦。"

奏强硬地将久美子的身体拉向自己，然后靠近她的耳边，低语夹杂着温热的吐息。

"无论久美子学姐怎样，我都喜欢。"

久美子轻轻抽出手腕，脸上露出苦笑，心想"奏真是个小恶魔"。

"小奏，你的心意我心领了，谢谢。"

"我是站在久美子学姐这一边的。"

"很多人都这么对我说，但我觉得很奇怪。说到底，我又没有敌人。"

闻言，奏脸上的微笑悄无声息地消失了，布料轻薄的夏季短裙在她膝间轻轻摇晃。奏把手背到身后，身体微微前倾，然后面无表情地说：

"自从久美子学姐当上部长，越来越会说谎了呢。"

"我没说谎哦。"

"是吗？那我就当这些话是真的吧。"

奏的脸上又恢复了微笑，久美子沉默不语，远处的真由正举着相机朝她们挥手。

"那边的两位，可以给你们拍张照吗？"

真由看着取景框问道。真由不把自己也拍进来吗？还没等久美子发问，奏便挤到她身边，紧紧地贴着她。久美子隔着衣服能感受到她的体温。

"那就不客气了。久美子学姐，笑一笑嘛。"

"欸？这……这样？"

"两个人都很可爱哦。来，茄——子！"

真由按下快门，看着被定格的这一瞬间，心满意足地点了点头，看得出来她比平时更加开心。看到那般幸福的微笑，久美子什么也没能说出口。

　

北宇治的部员们收拾好东西后，所有参赛学校的演奏都结束了，只剩下公布结果。后半场上场的学校的部员们坐在大厅内的观众席上，其中有不少久美子眼熟的制服。

"没事吧？"

秀一站在久美子身边，盯着她的脸。部员们大多都在观众席，只有各校代表等待在舞台一侧，主持人即将在这个舞台上公布结果并颁发奖状，北宇治每年都是由部长和副部长作为学校代表参加仪式。

"什么没事？"

"比赛开始前就看你一直很紧张。"

"那是自然，毕竟是正式比赛。"

"现在没事了？"

听秀一这么问，久美子用脚尖轻轻踢了几下地板。

"如果你非要问有事还是没事，那当然是有事了，紧张得不得了。"

"马上就公布结果了。"

"啊……好想吐……"

"呃，看你这样搞得我也开始紧张了。"

秀一耸了耸肩。此时，工作人员让所有代表在舞台上排成一排，大概是已经准备好颁奖仪式了吧。扑面而来的紧张感让久美子不禁浑身发抖，秀一把手搭在她的双肩上。肩上只有一瞬增加了重量，久美子轻轻瞪了秀一一眼。

"很重欸……"

久美子小声发牢骚，秀一故作奇怪，眼睛眯成一条缝。受他感染，久美子僵硬的脸颊终于放松了下来。

"第十三号，大阪府代表，秀塔大学附属高中，GOLD金奖！"

司仪的声音通过话筒传遍大厅，观众席响起一阵欢呼声。站在舞台上的学校代表向前跨出一步，从颁奖者手中领过奖状。随后，校名一个接一个被念出来，整个颁奖过程就像流水线作业。

"第十六号，奈良县代表，志科合高中，铜奖。"

"第十七号，和歌山县代表，果永高中，银奖。"

北宇治前一所学校被喊到，工作人员催促久美子他们上前一步。

"第十八号，京都府代表，北宇治高中，GOLD金奖！"

"哇啊！"观众席传来女孩们的尖叫声。虽然光线太暗看不清楚，但想必大家一定都十分兴奋。久美子松了一口气，绷紧上扬的嘴角、手臂和腿这时才渐渐恢复知觉。久美子和秀一谨慎地注意着一举一动，然后面向颁奖人敬了一礼。"祝贺。"颁奖人笑着说。虽然知道这是句场面话，但久美子还是很高兴。

她用颤抖的手接过奖状。

"第十九号，兵库县代表，光川高中，银奖。"

仪式还在继续。久美子拿着奖状站回队列，她用余光扫过同样拿到金奖的学校。

今年获得金奖的学校有六所，除了北宇治高中，还有去年成功晋级全国大赛的明静工科高中、龙圣学园高中部、秀塔大学附属高中，以及三强之一的大阪东照高中和同样来自大阪的一之濑高中。

舞台中央立着话筒，一位身穿西装的男性司仪站在旁边，手中展开一张对折的纸，然后短短地吸了一口气。久美子和其他学校的代表都热切地望他的背影。

"接下来公布晋级全国大赛的学校名单，全国大赛将于十月在名古屋举办。"

大厅里立马安静下来，在场的所有人都紧张地盯着舞台。久美子卷起奖状，握紧在手中，心脏"怦怦"直跳，好似要从口中蹦出来。

"第一所学校是……第五号，大阪府代表，明静工科高中。"

观众席的欢呼声震耳欲聋，而正在等待结果的其他代表们的表情则渐渐僵硬起来。

"第二所学校……第九号，京都府代表，龙圣学园高中部。"

话音刚落，大厅里的气氛鲜明地分成了两种，欢欣的尖叫声是龙圣那边传来的，遗憾的叹息声则来自大阪东照。因为公布代表学校是按照演奏顺序来进行的，所以在第九号的龙圣被选为代表的同时，就意味着大阪东照落选了。

久美子往裙子上抹了抹掌心的汗，她现在很想转过头望向秀一，想和他分担一下这份不安，但她也知道此刻不能退缩。她是北宇治的部长，无论等来的是怎样的结果，都不能在舞台上示弱。

第十三号的秀大附属高中，第十八号的北宇治高中，还有第二十一号的一之濑高中，被选中的只能是这之中的一所。

"接下来是第三所学校，也是最后一所。"

久美子不能双手合十来祈祷，取而代之，她瞪大了双眼，想把这一瞬间深深刻入眼中。她双脚用力抓住地面，死死地盯着司仪。司仪的呼气声透过话筒传来，空气震动着，化作声波袭向着久美子的鼓膜。

"第三所学校……第十八号，京都府代表，北宇治高中！"

听见"十八"的一瞬间，久美子差点儿直接瘫倒在地上。声音越来越远，时间似乎在她的世界里停止了，这一瞬间仿佛延长了几百倍，信息像雪崩一样冲进久美子的耳朵。部员们发出的尖叫声如玻璃碎片般尖锐，他们相拥着，声音因极度欢喜而颤抖。

"请代表者上前。"

台上并排放着三个奖杯，那是为晋级全国大赛的学校准备的。秀一从背后轻轻碰了碰久美子的手腕。

"该你出场了。"

久美子无言地点了点头，她喉咙发热，视线朦胧，只看得见秀一微笑的脸庞。久美子克制住就要溢出的眼泪，深深吸了一口气。

太好了，延续上了。涌上心头的诸多感情中，最多的还是安心。

SOUND!
EUPHONIUM

◆ 第三章
延续下去的旋律

【北宇治高中干事笔记】

九月　第一周的星期一　　　　　　　　　　　记录人：冢本秀一

哎呀，自从晋级全国大赛，收到了很多人的祝贺呢。当然，我老妈也没放过这次机会，跟我说："学习也给我好好努力！"校园文化祭上的演奏时间给我们延长了十五分钟，感觉整个学校都在支持着我们，好高兴呀，吹奏乐部似乎比前年还受重视了。

评论：

没想到教导主任默默地在背后给我们加油呢。（黄前）

那个大叔是个傲娇。（冢本）

"傲娇"是什么意思？（高坂）

丽奈还是不知道比较好。（黄前）

*

"接下来演奏的是Deep Purple[1]（深紫）的歌曲串烧。Deep Purple是英国的摇滚乐队，他们作品*Smoke on the water*中的连复段[2]超级有名，我想很多人都听过，是一首无论听多少遍都永不褪色的经典曲目。让我们来听听电吉他的连复段怎么样？"

站在舞台一侧的秀一向绿辉招了招手。"好！"绿辉应声道，然后弹起红色的电吉他。乐段由简单的"和弦进行[3]"组合而成，但正因为简单才更加"洗脑"。听到演奏的一瞬间，观众们便发出"啊！是这首曲子""我听过我听过"之类的惊叹。

"很帅吧？！我们现在就开始演奏，请大家跟着节奏打节拍！那么开始喽！Deep Purple歌曲串烧！"

听见秀一的信号，泷在恰到好处的时机挥起指挥棒。部员们跟随

1　英国摇滚乐队Deep Purple成立于1968年，其音乐风格融汇了古典、布鲁斯摇滚、前卫摇滚的元素。——译者注

2　连复段（Riff）在所有摇滚和重金属音乐中最易辨识，是一个简单、重复、有节奏感的旋律或"和弦进行"，通常用作伴奏或主题的基础，可以作为整首歌曲的核心部分。连复段在音乐中扮演着非常重要的角色，它可以为歌曲增添动感和情感，让听众更容易记住和欣赏。——译者注

3　和弦进行，指在一首歌曲中使用的一系列和弦，这些和弦以特定的顺序进行演奏或弹奏，用于构建和支撑歌曲的和声结构。和弦进行可以通过改变和弦的音调、调号和节奏等来创造不同的情感和情绪。——译者注

轻快的音乐，整齐划一地摆动着身体开始演奏，时而高举乐器，时而踩着节拍轻摇身子。这一套表演动作是为校园文化祭而特意编排的。

暑假结束，第二学期开始了。教学楼的外墙上垂下条幅，向全校师生宣告着吹奏乐部的成就。不知是不是起了成效，校园文化祭时，吹奏乐部的舞台盛况空前。主持人秀一面对聚集在体育馆的众多观众轻松自如地交谈着，带动着气氛，久美子第一次见识到他居然还有主持的天赋。

演奏快结束时，秀一从演奏席再次走到舞台一侧。一曲终，他立刻掐好时间开始主持。

"今天我们和大家一起度过了愉快的时光，不知不觉就到最后一首曲子了，在向大家介绍这首曲子之前，我想先报告一件事。今年，北宇治高中吹奏乐部顺利晋级了全国大赛，这一切的一切，都多亏了大家的支持和鼓励。感谢大家！"

"谢谢！"

秀一低头行礼时，部员们齐声大喊。随后，从场馆四处传来了"祝贺你们""加油"的呼声。秀一抬起头，再次握紧话筒。

"那么最后就让我们用帅气的一曲说再见！经典中的经典，《非洲交响曲》[1]！"

1　*African Symphony*，由美国音乐家Van McCoy作曲，岩井直溥编曲，是一首表现浓浓非洲风情的管乐合奏曲。——译者注

话音刚落，打击乐部部员就敲响了康佳鼓[1]。随着跃动的节奏，圆号也加入进来，吹响强音。久美子忍不住用脚后跟打起了节拍。和大家一起合奏真是愉快。每次吹这首曲子时，久美子都会冒出这样的想法。

表演结束，吹奏乐部的部员们随即开始收拾乐器。见打击乐部人手不够，久美子便帮忙搬起康佳鼓，那是刚才顺菜敲打的乐器。

久美子离开体育馆，沿着带屋檐的走廊进入教学楼。因为这次校园文化祭是在工作日举办的，所以只有北宇治的师生和家长们参加了。吹奏乐部部员虽然换上了正式比赛时穿的T恤当作演出服，但比起准备了展台并穿上华丽服装的学生们，还是太不显眼了。这身演出服怎么能比班服还要朴素呢？久美子拽着T恤的衣角，心想。

今年高三三班举办的活动是解谜游戏。规则很简单，把散落在学校里的各种谜题找出来并全部解开，就可以拿到奖品。班上的同学们以夏洛克·福尔摩斯为原型来装扮自己，实际上真正读过《福尔摩斯探案集》[2]的人却很少。

久美子登上台阶便看到多媒体教室对面的墙壁上贴着一张A4纸，上面写着谜题之一，问题还算简单。

---

1 康佳鼓是拉丁舞鼓，流行音乐、世界音乐和爵士音乐中不可缺少的重要打击乐器。——译者注

2 英国作家阿瑟·柯南·道尔创作的系列推理小说。——译者注

谜题11：你把字母放到冰激凌上作为配料，请问能让冰激凌味道更好的是哪个字母？

缴纳参加费后就能拿到一张画着纵横填字字谜的纸，参加者需要在对应的数字上填写答案。这个问题的答案是什么呢？久美子停下脚步思考，突然身边有个男生瞥了一眼她的问题纸。男生抱着胳膊，眉头紧锁，然后急切地喊起来。

"是N！"

男生慌忙捂住嘴，尴尬地望向久美子，看来他是下意识喊出来的。久美子觉得他有点面熟。

"你是求的朋友，樋口同学吧？"

"是！啊，你好，不好意思，忘记打招呼了。"

"你认识我？"

"你是北宇治的部长吧。刚看见你的时候想打招呼来着，但被谜题吸引了注意力。那个……日出节的时候给你添麻烦了。"

樋口说完，有礼貌地低头道歉。他是龙圣学园的高二部员，好像是求的朋友，去年吹奏乐大赛结束之后也来找过他。久美子只见过他穿校服和演奏服的样子，今天他穿着衬衫和卡其裤，打扮得很休闲。

"说起来，今天不是周末吧？你为什么会在这里呢？不用上课吗？"

"我逃课了。我知道逃课不好啦，但我很想听你们的演奏。"

他一边挠头一边害羞地"嘿嘿"一笑。这么诚实倒是难得，不过他完全是一副满不在乎的样子。他的头发说是黑色却又太亮了，还用发胶抓成立起来的造型，怎么看都不像是优等生。

久美子怀疑地盯着他。

"你莫非……是在刺探敌情？"

"啊，不是不是，只是个粉丝罢了。"

"粉丝？谁的？泷老师的？"

就算是泷老师的粉丝，倒也不至于为了看文化祭，不惜逃课跑来别的学校吧？久美子露出怀疑的表情，樋口很兴奋地探出身子。

"我是北宇治的粉丝哦！我在两年前听了你们的演奏之后超级感动！真的！尽管当时北宇治还不是强校，却能在一年内产生如此巨大的蜕变！而且那时总是那三所强校，太没意思了。得知北宇治晋级全国大赛的时候，我已经控制不住内心的激动了！"

被"强校"的部员当面夸奖，久美子有种很奇妙的感受。樋口去年作为关西代表参加了全国大赛，意识到这件事后，久美子很难诚恳地接受对方的赞美。

"你来看我们的比赛了？"

"我们初中部的顾问每年都打着陶冶情操的名号带我们去看关西大赛，去年高中部出场了全国大赛，所以我们观赛的理由就换成了为学校应援。"

"顾问指的是月永老师吗？"

"不是，小源老师是特别顾问，比普通顾问级别更高，平常会指导我们练习，但正式比赛的时候不上场指挥。"

用爱称来称呼指导老师，表明师生之间关系很亲密吧？桥本老师也是，让大家称他为"小桥"，这是个拉近师生关系的好方法。

"小源老师真的很厉害！在短时间内就把我们磨炼出来了。不过有时候会睡迷糊，算是美中不足吧。但要是小源老师没来，我们是绝对不可能晋级全国大赛的。"

"你很尊敬他呢。"

"那是自然！他是让我们骄傲的老师！"

樋口两眼闪闪发光。面对如此纯粹的感情，久美子装作若无其事地避开了目光。樋口捏紧手里的解答纸，谈话每每进行到兴奋处，纸上的褶皱便会多几缕。

"我给你换一张新的解答纸吧？"

"欸？啊，抱歉。没关系的，还可以用。"

樋口拼命摇头，像一只刚从水里出来的小狗。他的动作渐渐慢下来，最后停住，然后把满是褶皱的纸铺展开，犹犹豫豫地开口了。

"那个……求最近怎么样？"

他用纤长的手指把褶皱抚平，明明刚才还用那么诚恳、直率的目光望着久美子，现在却只是低头盯着纸，声音也明显没了锐气，语句间能窥见他的小心翼翼。

"嗯，他看起来很开心，也找到了尊敬的前辈。"

"你指的是那位拉低音提琴的可爱学姐吗？她和求在交往吗？"

"没有在交往哦，虽然大家总这么误会。"

"什么嘛，还以为被他领先了一步。那个家伙，初中的时候可是和我结成了男校同盟，后来竟然背叛我去了混校。"

听到如此直白的话，久美子不由得笑了起来。

"樋口同学和求好像关系很好呢。"

"嗯，我们算是发小吧。龙圣是直升式学校，所以很多人从小学开始就是朋友。"

"就是一贯制学校？"

"啊，就是这个意思。那家伙从小学一年级开始就一直和我同班，我觉得我们是MABU[1]。"

"MABU是什么意思？"

久美子从来没听过这个词。听到久美子的提问，樋口摸着下巴，思考该如何解释。

"MABU就是死党，比如关系特别好的兄弟啊，挚友什么的，要解释的话就是这种感觉。"

"挚友？"

怎么看都不像是这么回事。久美子理解的挚友和樋口理解的挚友

1　原文为マブ（mabu），是日语"死党"（mabudachi）的缩略语。——译者注

意思不同。樋口耸了耸肩，叹了一口气。

"你不相信吧？求以前可没这么冷淡。不过……我好像被他讨厌了。"

"看起来不像是单纯地被讨厌了。"

"要是这样就好了。"

樋口苦笑，然后突然像说悄悄话一样压低了声音。

"部长应该知道吧？关于求的爷爷的事。"

"求的爷爷是小源老师吧？虽然他一直保密，但还是有人发现了，毕竟这个姓很少见。"

"那家伙果然一直守口如瓶啊。"

求讨厌别人喊他的姓正是这个原因。月永源一郎是一位优秀的指导者，求作为他的孙子，处境或许比较复杂。

"我曾经跟他开玩笑说'你爷爷那么厉害，你肯定能进A组'。龙圣初中的吹奏乐部以前只有三十个人左右，所以大家百分之百都能进A组，我的话其实就和没说一样，但求好像一直很在意。"

樋口回忆起过去，用手轻轻按着额头，皱起眉。

"求之前很讨厌他爷爷，但我觉得没必要那么在意，毕竟不在同一所学校。后来他要升高中的时候，小源老师真的来了龙圣，我们高兴都来不及，求却说高中绝对不去龙圣。最后没想到他居然选择了北宇治，这么做难道不是在针对小源老师吗？"

"不喜欢家里的亲戚当自己的老师也很正常，因为会被周围的人胡乱猜测。"

"但小源老师是特别顾问，和学校的成绩不会有半点关系。而且话说回来，有那么厉害的爷爷难道不是一件特别幸运的事吗？可求似乎不这么想。"

樋口深深叹了一口气。于他而言只是个玩笑，对求来说却是一个负担，连自己的校园生活都逃不开爷爷的影响，久美子感觉自己能理解他讨厌爷爷的心情。

"因为发生了那件事……小源老师担心孙子，才特意来了龙圣，但最重要的求却不在，两个人的距离也越来越远。"

"那件事是指什么？"

"初二的时候，求的姐姐去世了，那时他姐姐还只是个高中生。"

"欸？！"久美子不禁惊叫起来。求说过他很仰慕姐姐。

"求有个姐姐吧？"久美子曾如此问道，那时求给予了肯定的回答，还说绿辉就像他的姐姐一样。

樋口没注意一脸茫然的久美子，把满是褶皱的解答纸握得更紧了。他的理智让他不要再继续下去，但嘴巴却停不下来。

"听说求选择北宇治，正是因为他信任泷老师，求好像说过他们的经历很像之类的话。泷老师的爷爷莫非也是一位很厉害的指导老师吗？"

"不是爷爷，泷老师的父亲倒是一位很有名的指导老师……"

但求认为经历相像的地方一定不是这里。樋口说了这么多，都不是自己该听的事。久美子用牙齿轻轻咬住下唇。

没想到她会以这种方式了解到求的过去，以及泷的过去。

"樋口同学为什么要和我说这些呢？我觉得求肯定不希望北宇治的人知道这些事情，你如果真是他的朋友，应该帮他保守秘密才对。"

"这是因为……我不希望部长误解他。"

"误解？什么意思呢？"

樋口把解答纸塞进口袋，好像下定了某种决心般抬起头。他抻着脖子，喉结上下动了动。

"我们吹奏乐部都希望求和小源老师能重归于好，他们对我们来说很重要。但这样一来，北宇治的人或许会把求看作'间谍'，所以我想告诉部长，求选择了北宇治，那是他自己所期望的。"

樋口一口气说完后，用衬衫袖口擦了擦嘴角。在工作日宁愿逃课也要来其他学校参加文化祭，其中真正的理由是为了说这些话吧。他拼命解释的样子有些生硬，也有些可爱。

久美子抚摸着康佳鼓的鼓面，用食指轻轻敲了一下。"咚"，伴随着轻快的鼓声，她感到自己的心也轻松了不少。她用手指着樋口塞进口袋的纸说：

"还是去三班换一张新的解答纸吧，我去和班上的同学说一声。"

"欸？算了，太麻烦你了。"

"不用客气。等你拿完纸，去找求好好聊一聊吧。你不正是为了找他，才特意来北宇治的吗？"

"也不完全是……我就是有点担心他……"

"收拾好乐器后就是自由活动时间，我会告诉求，让他来三班。"

"抱歉，给你添麻烦了。"

樋口毕恭毕敬地低下头。久美子托住康佳鼓的底部将其抱起，努了努下巴示意楼梯的方向。

"不用向我道歉，而是向求哦，如果你是真的为他着想的话。"

久美子迈上台阶，一个台阶一个台阶地向上移动，樋口有礼貌地和她保持着三个台阶的距离。过了一会儿，他用比刚才要低得多的声音嘟囔道：

"我没打算向那家伙道歉。要是说了，他大概会很困扰的。"

"抱歉，久美子。"

乐器盒内部填充了防震隔层和黑色绒布，真由把银色上低音号摆好，关上盖子，回头看向久美子。她的蓝色T恤袖口印着"北宇治"几个黑字，是吹奏乐部的演出服装。

"为什么道歉？"

久美子来到真由身边，蹲下身，把乐器盒推进不锈钢架子的指定收纳位置。

"你把康佳鼓搬过来了吧？打击乐部的乐器一会儿就都被拿走了，我什么忙也没能帮上。"

"没事，不用在意，谁有空谁来搬就好……啊，难道你一直在等我回来吗？"

"一开始没打算等的，不过这么一看好像确实变成在等你了。"

"抱歉，我绕了点路。"

把樋口带到三班后，久美子就去叫求了。知道樋口来了，求紧锁眉头，表情严肃，不过还是按照久美子说的做了。现在这个时候，那两个人应该在谈话吧。至于这对求来说到底是好还是不好，久美子也不清楚，也可能求把这事当成是个麻烦。不过即便如此，久美子还是认为求和樋口应该面对面地谈一次。

"没必要在意，是我自己要等你的。"

真由说着，捡起掉在地上的乐谱。谱页泛黄，想来该是有些年头了。她把乐谱放进写着"失物招领"的箱子里。

"我有话想对你说。"

"嗯？"

"下次的选拔，我还是想弃权。"

饶了我吧。这句话刚要脱口而出，久美子控制住了自己。她不知道应该怎么回应才算正确，只能死死地盯着真由。已经数不清是第几次听到这句话了。

"我觉得全国大赛上独奏还是交给久美子比较合适。"

真由身后的墙上挂着历届部员的集体照，颇为醒目。有去年京都大赛的照片，还有前年关西大赛的照片。在这之中，没有真由的身影。

"为什么要说这样的话？"

"为什么要问为什么？我说了很奇怪的话吗？"

真由微微歪着头，脸上带着一副打心底里不明白的表情，柔软的黑发轻轻垂到胸前。

"难道你不想吹吗？你可以诚实地遵从自己内心。"

"我无论什么时候都很诚实。"

"又说这样的话……"

既然如此，多说已无用。久美子轻轻摇了摇头，把手搭在真由肩上。

"这些话我就当作没听过。文化祭要是玩得不开心，损失可大了哦。"

真由抿紧嘴唇，看样子依旧没有被说服。久美子拍了拍她的后背，她终于不情不愿地点了点头。真由真是出乎意料的固执，固执得让久美子烦躁。

*

【北宇治高中干事笔记】

九月　第一周的星期四　　　　　　　记录人：黄前久美子

选拔的日程定下来了，在九月第三周的周一和周二放学后，分两天进行，周三公布结果。选拔结束后就是面向全国大赛的集中练习。一想到十月就比赛了，总觉得很奇妙，时间过得好快。

评论：

这次对我们来说是真正意义上的"最后一次选拔"了。（冢本）

要是想在全国大赛上取得好成绩，就必须甄选出北宇治的最强阵容。（高坂）

*

节拍器打着精准的拍子，速度设定为六十的时候，摆杆从左边摆到右边要花一秒的时间。一分钟内摆杆摆了多少次决定了节拍数，原理说起来就这么简单。自选曲目第二乐章的速度为Vivace（活板），节拍数在一百六十左右，第三乐章的Adagio（柔板）在六十左右。速度并不是一成不变的，根据泷的指挥，有时也会发生变化，特别是在《一年四季之诗》中，同一乐章内甚至也会变，所以不可能只依靠节拍器来吹奏。

舒缓的大号长音传来，美玲面不改色地专心于基础练习。声部练习教室里一如既往地充斥着各种乐器的声音，然而，今天却不见绿辉的身影。她刚才被班主任美知惠老师叫出去了。

"弥生、小雀，不只是起声，也要注意结束时的收音。你们接不上气时的换气处理总有些慌乱，小美也说过这一点吧？"

听到叶月的话，二人干劲满满地回答道："是！"久美子瞥了一眼她们身后的座位，佳穗正一脸认真地练习着唇连音。雀从一开始悟性就很好，佳穗和弥生在经历了一个暑假后也成长了不少，现在她们的水平就算和有经验的部员相比也毫不逊色。这些都得益于美知惠的严格指导。

久美子翻着总谱，目光停留在用荧光笔画上记号的地方，涂上蓝色的部分是上低音号以及和其他乐器合奏的乐段。总谱的便利之处就在于可以一目了然地知道自己演奏的乐器在整体中发挥什么作用。本该是担任主角的地方，要是没有表现出来便毫无意义，而本该退到配角的地方，要是太突出了就会破坏整体的平衡。

上次合奏时，泷指出和巴松管、低音长号合奏的地方有些问题，待会儿得和他们协调一下时间来练习合奏，然后……正当久美子沉浸在思绪中时，教室门开了。绿辉放下怀中的低音提琴，兴奋地拿着琴弓在讲桌前挥舞。

"小绿我被志愿校录取了！"

听到这个消息，部员们不约而同地停下了练习。"哇！"弥生和雀欢呼，其他部员也鼓起掌，说着"恭喜"。绿辉腼腆地笑了。

"绿学姐，恭喜你！"

求的声音比别人都要大，他的气势让大家不禁笑了起来。只有对方是绿辉的时候，他才会这么高声说话。

"这样就可以安心地准备全国大赛了，不过绿学姐一直很可靠，不论什么情况都能完美发挥。"

奏把手贴在脸颊上，微微勾起嘴角。"没错。"坐在她旁边的真由点了点头。

绿辉露出纯洁无瑕的笑颜，把琴弓指向天花板。

"好好加油！为了全国大赛！"

"是！"

久美子发现好像少了一个人的应答声，她看向坐在窗边的求。求用一只手捂住嘴，埋下头，说短也不短的刘海遮住了他那稚气未脱的脸庞。久美子没有第一时间意识到，他口中发出的是呜咽。

"求难道哭了？"

奏的语气像是在看热闹，没有丝毫掩饰，久美子立刻责备她："别这么说。"还没来得及等她说完，求就胡乱地用校服袖口擦了擦眼角。他确实哭了，真是欲盖弥彰。

绿辉向求走去，然后像挥动魔法棒一样左右摇了摇琴弓。

"为什么哭呢？明明什么令人难过的事也没发生。"

"对不起，我想象了一下绿学姐毕业的时候……明年学姐就不在这里了，一想到这儿，眼泪就……"

"求可真是个爱哭鬼，真拿你没办法呀。"

绿辉的眼中满是慈爱，笑声好似春日阳光般温暖。她右手握着琴弓缓缓划过琴弦，左手微颤，奏出饱满的旋律。绿辉演奏的曲子是爱德华·埃尔加的《爱的礼赞》，曾拉给求听过。

求慢吞吞地用袖口抹了抹脸，还肿着眼就伸手去拿琴弓，开始和绿辉合奏。他们望着对方，一起笑了。两人的指尖在琴弦上舞动。如果能把这幅光景封存在水晶球里，那一定很美，久美子心想。

"真希望此刻时间能够停止。"

求放下琴弓，低语道。绿辉用手指轻轻弹了下他的额头。

"那可不行呀，要是时间停住，在此刻原地踏步的话，就哪里也去不了啦。"

"……也是。"

"不要沉迷于过去，而是展望未来！乔治也说过，'Boys,be ambitious[1]'！"

绿辉"唰"的一声再次将琴弓指向天空，说出这句台词。美玲贴心地补充道："那是克拉克博士。"

两年前被绿辉命名为"乔治"的低音提琴，到了明年就会在别人手中了吧。想到这里，久美子不禁鼻子发酸，也理解了求突然之间为何变得如此感伤。

虽是九月，但气温还是很高，夏日的余韵尚未消散。久美子拧开水龙头，把吹嘴放到水流中，用手指轻轻擦着表面。

"部长。"

求从三班的教室出来，站到久美子身边。他板着一张不食人间烟火的面孔，倒是红肿的眼睛给他添了些烟火气。

"真是少见呢，你主动来和我说话。"

"是前几天文化祭的事，那个笨蛋给部长添麻烦了。"

"那个笨蛋是指……"

"樋口。"求抢过久美子的话头。

"他啊。"久美子耸了耸肩，"我是不是多管闲事了？我看樋口

1　Boys,be ambitious!（少年要胸怀大志）是日本北海道札幌农学校的首任校长威廉·史密斯·克拉克的名言。——译者注

同学那么拼命，所以没忍住就帮了下忙。"

"那家伙很擅长博取同情，让别人来帮他的忙。他从以前开始就是这样的人，明明是个伪善者却不自知。"

"在我看来，他只是单纯地担心你而已。"

"是吗？算了，他就算有干坏事的心，也没那么聪明。我知道他没有恶意。"

说完，求将目光从久美子身上移开。就这样直接离开的话似乎不太好，为了让气氛不那么尴尬，久美子开始拼命找话题。

"那个……我从他那里听到了很多关于你的事情，比如小源老师的事，还有你姐姐的事。"

"我听樋口说了，他说都告诉部长了。"

"也不知道该不该问……你的姐姐过世了吧？之前问你的时候，你点头说是，所以我没有想到这一层。"

"我没有说谎，因为部长当时问的是'你有个姐姐吧'，所以我就回答了'是'。"

久美子完全没有意识到自己提问的时候用了过去式。求确实没有说谎，他给过久美子一些暗示，只是她并没有注意到。

"你是想反抗爷爷才来北宇治的吗？"

"也不是这样。"

求的手不知道该放哪儿，就拧开了水龙头。他左右看看，确定周围没有人后，把手伸进了水流中。

"我一直很排斥，无论我做什么都会被贴上月永源一郎的标签。"

"樋口同学在担心是不是他开的玩笑让你不高兴了。"

"那个笨蛋说的我不介意，因为明显是个玩笑。但是，有些人却借着玩笑说出了自己的心声，也有些大人只看到了我背后的爷爷，便讨好我去取悦爷爷。"

求好像有洁癖一样，不停地搓着手，一次又一次从指间搓出泡沫来。

"我知道爷爷很担心我，可有时善意未必能帮上忙，反而会把人逼得无路可走。只要在龙圣，我就是爷爷的附属品。我不想当月永求。"

这就是求固执地讨厌被人称呼名字的真正理由，他对于处于祖父的影响力之下这件事极端厌恶。

"我很早就知道泷老师的事，因为爷爷和老师的父亲是朋友。我感觉泷老师和我很像，境遇，还有生存方式，所以我觉得如果是他，应该不会对我区别对待，所以我就逃来了北宇治。其实刚入学的时候，我觉得吹奏乐大赛什么的根本无所谓，只要能成为一名普普通通的学生我就满足了。"

果然求和泷老师有些渊源。久美子的猜想是对的，她感到些许得意。

去年春天的时候，求对周围的人还是很有戒心的，言谈举止既粗鲁又随便，对奏的讽刺反应过激，怀疑低音提琴，不，是他自己的存在对吹奏乐部来说究竟有没有意义。正是绿辉包容了求所有的情绪并加以引导，才让他变成今天这个样子。

"你为什么要加入吹奏乐部呢？如果真的想摆脱爷爷，选择吹奏乐部以外的社团不是更好吗？"

"那是因为……我姐姐曾经是吹奏乐部的。她初中的时候就拉低音提琴，我也是。姐姐以前经常开玩笑，说让我叫她师父。这都是姐姐患病之前的事了。"

"所以你才拜小绿为师吗？"

"……绿学姐，很像我的姐姐。"

求曾说过同样的话，不过时至今日，久美子才第一次理解其中的含义，同时，她也明白了合宿时绿辉再三思虑的缘由。那个时候，求应该把自己的过去全都告诉了绿辉。与今天和久美子说话的方式不同，那时求一定是以充满感情、更加坦率的方式向绿辉倾诉的。

求的黑色瞳孔覆上了一层薄纱。他清了清嗓子，静静地吸了口气。

"樋口跟我说过很多次，让我回龙圣。要是只看结果，或许有人会说留在龙圣更好，毕竟去年北宇治是关西大赛金奖，而龙圣拿到了全国大赛金奖，但我从来没后悔过来到北宇治。对我来说，吹奏乐部就是我唯一的避难所。在这里，我才能成为我自己。"

求和过去的泷一样，期望自己被当作一个独立的个体，并且都为了自己所珍视的人演奏着音乐。

他用清澈的目光看着久美子，挺起胸膛，一字一字清楚地说道：

"我，是北宇治的人。"

久美子感到脸颊一阵发热，心脏止不住地狂跳。求的双眼，好似能看透还未成熟的久美子的内心。

"咔嚓"，久美子转动钥匙锁好音乐教室。今天绿辉和叶月难得等着她们收拾完东西，因为绿辉被录取的事值得庆祝，所以今天她们想四个人一起回家。

"小绿，求真的很崇拜你呢。"

叶月双手交叉在脑后，意味深长地说。明显是指今天放学后的事。

"能有后辈对我说这样的话，我感觉自己真幸福呀。"

"而且还被志愿校录取了，好羡慕啊——"

久美子叹了口气，叶月开玩笑似的靠在她背上。

"好啦，我们的录取结果还没这么快公布呢。"

"叶月是十二月出结果对吧？我是统考，一直到二月份都不能松懈。"久美子说着，又叹了口气。

她没有一所非去不可的学校，即便如此还是在麻美子和美知惠的帮助下选出了几所候补校。虽说是候补，但仅仅是终于规划好了未来这一点，都减轻了不少她对未来的不安。

"丽奈呢？果然还是选择了和霙学姐一样的……哇啊——"

久美子强行站起身，挂在她背后的叶月直接滑到了地上。绿辉伸手拉起叶月。丽奈用手指拂开垂在肩头的黑发，若无其事地说：

"学校已经定了，现在正在准备入学手续。"

"已经录取了？真羡慕啊！我也好想从悬而未决的状态里解放出来啊。"

"恭喜丽奈！"

绿辉开心地跳了起来，室内鞋踢在地板上发出令人愉悦的声音。

"……已经定了啊，我还是第一次听你说。"

久美子特意注意了一下自己的面部表情，不让脸颊显得僵硬。丽奈用手按住蹦蹦跳跳的绿辉，摸了摸她的头。

"因为我没说过。"

"告诉我也没关系啊。"

"是吗？我还以为久美子没兴趣听。"

这段对话的每个字都透着疏离感。她们的关系看似平静，只要一戳便立马露馅。

——如果是这样，那你这个部长不够格。

那天丽奈说的话在久美子心里深深扎进一根刺。

"啊，什么嘛！那就剩我和久美子没定下来了。"叶月说着，又挂到久美子背上。

"不长记性呐。"绿辉笑出了声，久美子也跟着笑了起来。

"为了迎接明年春天的新生活，得好好学习了呀。"

"嗯……一想到新生活什么的，我就特别害怕。"

"害怕什么？"

"新生活可没有现在这样的社团活动。现在大家几乎每天都聚在一起吹奏、练习，你们不会想要是这一切都消失了，会变成什么样吗？大赛结束，社团引退，不知道我今后的人生还会不会有比现在更精彩的经历。"

久美子歪了歪脑袋，余光看见叶月沮丧地埋下头。她没有甩掉压在背后的重量，而是把背躬得更低了。她无比理解叶月的心情，现在的生活越充实，一切都不复存在的未来便更让人恐惧。

"为什么要这么想？小绿我对变成大人这件事很憧憬哦。"

绿辉站在靠在一起的两人面前，把头夸张地斜过来说。丽奈靠着墙，在稍远处望着大家交谈。

"小绿总是很乐观啊。"叶月"嘿咻"一声从久美子背上离开。背上的重量和温暖一齐消失了，久美子反而感到些许寂寞。

"我是这么想的。现在大家每天就像是在播种，而播下的种子会在未来变成各种值得期待的事情。比如说呀，"绿辉兴冲冲地继续说下去，"当叶月长大后，某一天看电视时听到了我们以前吹过的曲子，或者走在街上时看到有小孩子在演奏那首曲子，然后就会感到很怀念，接着想起现在的时光。和大家一起度过的时光，在变成大人后并不会消失，而是藏在我们生活中的各个角落，等待着被发掘。你们不觉得有点像藏宝游戏，很棒吗？"

"……觉得。"

见叶月点头，绿辉无忧无虑地笑了，她用小小的手掌夹住叶月的脸颊。

绿辉很强大，久美子被她的坦率和乐观拯救过很多次。

"不愧是小绿。"

丽奈挺起身，自然地走到久美子身边。久美子觉得应该要说些什么，但又不知道从何开口。

"是啊。"

久美子握紧音乐教室的钥匙，模棱两可地笑了笑。再过不久就到闭校时间了。

*

【北宇治高中干事笔记】

九月　第二周的星期日　　　　　　　　记录人：冢本秀一

不知不觉间，下周就要进行选拔了，部里的气氛异常沉重，难道是我的错觉吗？罢了，大家都有干劲是件好事。

评论：

这是大家认真的证明。（高坂）

我觉得最近气氛沉重过头了。（黄前）

　　　　　　　　　　＊

　　丽奈手握指挥棒，流畅地挥舞着，管乐器奏响的旋律在小敲精准的节拍上起舞。长音训练的时候需要抬起腿，刚开始时保持不住平衡也无可奈何，不过现在大家几乎都能轻松地稳住身子。

　　今天的练习内容是基础合奏。丽奈站在指挥台上，部员们按照她的指示练习着相应的乐段。

　　"接下来练习二十七号，高音。"

　　"是。"

　　久美子双脚踩地，轻轻振动嘴唇。吹高音的时候，嘴唇总是不自觉地绷紧，她特意放松脸颊，让紧绷的肌肉舒缓下来。

　　"一、二、三、四。"

　　第一个高音很容易走调，特别是高音域的小号，若出现失误便尤其明显。一名高一部员就出现了这样的问题，她为了吹出指定的音已经反复试了很多次，但每次都是刚吹上去就掉下来，无法维持住高音。

　　"坂木同学，要是吹不出来的话到外面练一下吧？"

　　"对……对不起。"

　　"既然个人练习没做到位，就不要影响大家合奏。"

　　"是……"

　　小号的高一部员垂头丧气地缩起身子，梦拍了拍她的肩，说了些安慰的话。这幅光景要是放在一年前根本无法想象。

"这一点所有人都一样。"丽奈目光严厉，扫视着音乐教室里的每一位部员，"获得全国大赛金奖是北宇治的夙愿，我不想等失败后再去后悔为什么之前不更加努力一点，所以我希望在场的每个人都打起一百二十分的精神参加练习。决定全国大赛结束后会不会后悔的，是此时此刻坐在这里的你们自己。"

听到丽奈的话，部员们的表情霎时间严肃了。选拔就在下周，此后丽奈的指导只会更加严格。为了全国大赛，所有人都在努力，晨练和放学后的自主练习也几乎是全员参与。

"哐"的一声，一位部员搬运椅子时撞到了长号滑管的顶端。长号声部的高二部员皱起眉，露出不愉快的表情。

"快到选拔了，别这么毛毛糙糙的啊。"

"啊，非常抱歉！"

"真是的。"

两人争吵起来，周围的部员们心烦意乱地望向他们。临近选拔，很多部员都很急躁。和去年一团和气的气氛大为不同，今年的气氛甚至让人感到一丝"杀气"。虽然没发生什么大的争吵，但因小事而起的冲突却接连不断。大家都在争夺有限的名额，这种时期精神紧绷也是没办法的事。头好疼。久美子按着太阳穴，叹了口气，心想，基础合奏结束后就不该留在音乐教室，早点去声部练习室就好了。

"久美子学姐，选拔加油呀！"

"关西大赛的时候，我是为了部长才努力奋斗的。我一直支持部长！"

高二部员从久美子身边走过时如此说道。久美子带着礼貌的微笑目送她们远去后，才放松下紧绷的脸颊。

久美子左右两个座位都是空的，真由和奏先回声部练习教室了，只有雀还留在音乐教室，她刚才一直在用难以置信的豪放气势吹奏着《故乡》。离雀稍远的地方，沙里正在吹《伦敦德里小调》[1]，优美的吹奏音堪称模范。她们身为高一部员，又被选入A组，性格沉着冷静，遇事也不慌乱。久美子把手肘撑在上低音号上，托着腮，又一次深深叹了口气。

"拿走喽！"

一只小手在久美子面前做了个抓握的手势，然后送到自己嘴边。久美子转过头，发现本该去了声部练习教室的绿辉正在咀嚼着什么。

"你在做什么？"

"在吃从久美子那里逃出来的好运。"

"什么嘛。"

久美子失笑。绿辉在她左边坐下，两只手端端正正地在藏青色的短裙上放好。

1　《伦敦德里小调》，又名《伦敦德里之歌》《丹尼男孩》，是来自北爱尔兰伦敦德里郡的一个小调。——译者注

"因为久美子一直在叹气呀，有什么烦恼吗？"

"也不算是烦恼……"

就是觉得这样下去真的好吗……话到嘴边，久美子立马慌张地捂住嘴。这里部员们来来往往，身为部长不能说这样的话。

"呃，也有一点点吧……马上就到选拔了，有些不安。"

经历了关西大赛，部员们之间的羁绊更加深刻了。大家在春天定下了获得全国大赛金奖这个目标，现在几乎已触手可及。诚然，大家都在追求更高水准的演奏，但这造成的结果却是掉队的同学被周围冷漠地排斥。

声部里有像绿辉那样会鼓励人的部员，又或者像叶月那样不摆着前辈的架子去和后辈交流的部员倒还好。问题是，现在吹奏乐部里出现了前后辈等级森严的声部。

久美子瞥了一眼身后小号声部的座位，没有人留在音乐教室，恐怕都去了声部练习教室吧。

"大家都在给久美子加油哦，即便如此还是会不安吗？"

绿辉通过上低音号号身的空隙盯着久美子。久美子把乐器横放在膝上，无所事事地按着活塞。

"大家都为我加油，我自然很感激。"

但久美子无法全盘接受，个中缘由绿辉应该知道。"支持久美子"这个共同目标让吹奏乐部变得更加团结了，但与此同时也在把真由渐渐排挤出这个团体。久美子心里明白这样不对，可她也不知道自己该如何做。

"嗯……我想过了，对于你烦恼的事，你或许不该考虑'应该'怎么做，而是要考虑'想'怎么做。坦率地顺从自己的心意会更好哦。"

"我一直很坦率啊，甚至不想坦率的时候也不知不觉就说了真话……"

"真的吗？"

绿辉忽地把脸靠过来，深棕色的瞳孔映出久美子茫然的表情。久美子下意识地避开目光。

"真的啦。"

绿辉似乎还想说些什么，微微动了动嘴，然后像是想转换心情一样从座位上站了起来。

"那就好。久美子还要继续留在音乐教室里练习吗？"

"嗯，我打算再练一会儿。"

"了解！那我就先回声部练习教室了。"

绿辉用力摆了摆手，久美子微微抬手示意，目送着小小的身影离开。这时，她感到右侧传来一道视线，抬起头，发现秀一慌忙架起长号。

"别装了。"久美子吐槽道。秀一耸了耸肩。

"我只是看看，别生气。"

"才没有生气。"

"对了，后天有干事会议吧？你别忘了啊。"

"你转换话题也太明显了吧？"

"真啰唆。"

秀一抓了抓头发。这是他想蒙混过关时的习惯动作。只见他再次摆好姿势，吹响了指定曲目的旋律。象鸣声一般的滑奏流淌过耳畔，久美子消沉的心情稍微畅快了些。

上低音号的声音被混凝土墙壁反射回来。久美子一边在脑海中反复回放着京都大赛时上低音号和小号的soli，一边震动吹嘴，在丽奈充满力量的旋律之上融入自己的演奏。

放学后是自主练习的时间，今天久美子等社团干事在六点有个会议，但在会议开始之前可以自由活动。久美子在体育馆后的楼梯口独自练习。临近选拔，若是在真由身边练习soli，总会有所顾忌。

"你果然在这里呀。"

听到楼梯上响起脚步声，久美子松开吹嘴。只见真由右手扶着楼梯扶手，正抬头望着自己。

"真由，怎么了？"

"我有事想和你说。"

"哒、哒"，真由的脚步声越来越近，不过她两手空空。

"你不练习吗？"

"就一会儿，没关系。打扰到你练习了，真抱歉。"

"那倒没事。"

真由走上楼梯平台，然后坐在下面一级台阶上，扭过上半身转向久美子。茶色长发披在肩上，卷翘的睫毛扑闪扑闪的，薄薄的眼睑微微颤动，她踟蹰不定地抬眼看向久美子。

"这次的选拔，我想我还是放弃竞争soli比较好。"

久美子条件反射地按住太阳穴，血液骤然加速流动。真由是个好孩子，但她再也忍不下去了。久美子感到一股无力感翻涌而来，她直言不讳地问道：

"为什么都到这种时候了，你还说这样的话？"

"我一直都在说啊……"

"你之所以这么说，是因为顾忌周围的人吗？"

尽管那段回忆很不快，但久美子还是想起了去年奏说过的话。

——我是为了保护自己。

奏对夏纪如此说道。两年前的明日香也是如此。遏制自己的本心，去演绎他人所期待的自己，但这样是无法拯救任何人的。

"你被选为担任soli，难道不是对你至今为止所做的努力的回报吗？你却随随便便说要让给我？我想知道你真正的想法。不用有所顾虑，我希望你能按照你自己的意愿行动。"

"按照我的意愿？"

"对。"

拜托了，直接说实话吧，我已经没有精力再继续这样相互试探了。久美子心想。

真由看着一脸认真的久美子，歪着头眨了眨眼睛，似乎觉得很不可思议。

"我之前就在想，久美子你是不是误会了什么。"

"误会？"

"嗯，我既没有顾忌你，也没有顾忌小奏。我是真的打心底里享受着社团活动。"

不明所以。久美子皱起眉，心下想道。随后，真由将她的想法娓娓道来。

"在之前的学校，也有人说过我好像没什么上进心，但是对我来说，社团活动就是为了像现在这样和朋友们一起度过快乐的时光而存在的。转学后，你和小燕很快就和我成了朋友，我很开心，大家还一起参加了日出节和吹奏乐大赛，所以对我来说，守护住这样的氛围才是最重要的事，而比赛就像是这些美好时光的附属品。虽然这么说大家肯定会生气，不过我真的对比赛没有什么执念。"

"没有执念？"

"对，全国大赛无论拿金奖还是铜奖，只要能和朋友们在一起我就满足了。我也和小绿说过类似的话……我喜欢和大家待在一起，创造回忆，这就是我留在吹奏乐部的理由，所以如果我的弃权能够让吹奏乐部的气氛变得更好、更团结，那我自然愿意。"

一个字一个字地细细咀嚼，久美子终于理解了。对真由来说，比赛不过是社团活动的附属品，所以她对选拔没有执念，才会说出想要弃权这样的话，并没有不情愿。

真由对社团活动的想法，与北宇治吹奏乐部的理念大相径庭。

"这真是你的真实想法吗？"

"是的，我一直都是这么想的。"

"可你不是为了比赛一直在努力练习吗？"

"那是因为大家都在努力，所以我也就一起努力喽。就算最后没有结果，能和大家一起吹奏我就很开心了。我觉得一起度过的时间才是有价值的。"

真由握紧扶手，静静地站了起来，带着寒意的风温柔地拂过她的头发。视野尽头，褪了色的树叶堆积在树根边，夏天已去，秋色渐浓。真由用手按住随风飞舞的秀发，走上台阶。狭窄的混凝土楼梯平台上落下两个人的影子。

"那久美子的真实想法是怎样的呢？"

真由眯起眼睛问道。无论何时她的笑容都很美，柔弱而温暖。

"我的真实想法？"

"对，我好像很少听过你的真心话。我突然出现，抢走了你的独奏机会，你其实很不情愿吧？"

"我……"

久美子无法否定，但即便如此，她也从来都没有想过希望真由弃权。健康的竞争，公平的审查，这才是北宇治的规则。

真由耐心地等着久美子继续说下去。久美子轻轻舔了舔干燥的嘴唇。

"就算是这样，我还是想和真由公平竞争。"

久美子下意识地抓住真由的手腕，纤细的骨骼硌着掌心。两人视线交汇，真由雪白的肌肤隐隐泛红。刹那间，久美子的脑海里闪过沙里的侧颜。

"我想见识一下拿出百分之百实力的北宇治，所以我也希望真由能全力以赴地和我竞争。"

即便，那非真由所愿。

"咕噜"，久美子咽了口口水，她紧张得身上起了一层鸡皮疙瘩。

真由笑了，她用指尖拂开贴在脸颊上的发丝，用若无其事的口吻说道：

"那果然还是久美子来吹soli更好。"

这一瞬间，久美子心中涌起一阵挫败感，她一直以来的做法对真由完全行不通。久美子的手顿时没了力气，真由把手抽出来，搭到久美子的肩上，然后像小动物一样歪着头，用湿润的眼眸盯着久美子。久美子心中一紧。

"那我想要为久美子加油的心愿，就这么被无视了吗？"

久美子哑口无言。

"哒哒"，真由离开时的脚步声好似被回放了一样，又有人踏上了台阶。久美子把上低音号抵在额头上，慢慢闭上眼睛。方才真由依依不舍地返回了声部练习教室，走之前留下一句"这是我的真心话哦"。

"我早就说过吧，黑江学姐是个厉害角色。"

脚步声在跟前停住了，说话的人无奈地在久美子头顶叹了口气。久美子抬起头，看见奏站在面前。

"你是跟着真由来的吗？"

"嗯，我不知道那个人会干出什么事情来，所以就跟来了。"

"唉，真由也是，你也是，今天练上低音号的人都偷懒了。"

"只是这一会儿而已。"

奏轻哼一声，靠在楼梯扶手上，望向久美子，眼神中夹杂着讽刺。

"刚才久美子学姐为什么想窥探黑江学姐的真心呢？"

"窥探……因为是朋友呀，问问她到底在想什么不是很正常的事情吗？"

"学姐这么做只会徒增不必要的烦恼。黑江学姐就像外星人一样，脑回路和我们不同，要以我们一般人的常识去理解她，只会让自己受伤。"

奏抱着胳膊，叹了口气。这种固执的语气，久美子感到似曾相识。去年夏天的时候，奏还对夏纪充满敌意，现在她的所作所为就像极了那个时候，不过又有些明显的不同。为了一探究竟，久美子不自觉地凑近了奏的脸。

"你是在提防着真由吗？所以才一直叫她黑江学姐。"

"嗯？谁知道呢？这件事无关紧要吧？"

"难道是因为真由进入了Ａ组，上低音号的名额变少了的缘故？"

"一般来说，有这种想法也很正常吧。因为黑江学姐顶掉了我的名额，要是她没有来北宇治，我就能和久美子学姐两个人一起登上关西大赛的舞台了。"

明明在说自己的事，奏的口气却好似事不关己。她依旧抱着胳膊，指尖不耐烦地上下敲着。

"我倒是想听听久美子学姐究竟想怎么做。"

"想怎么做是指？"

"就是怎么处理和黑江学姐的关系。久美子学姐对黑江学姐那么温柔，是因为觉得她由于自己的缘故而被孤立了吗？如果是罪恶感作祟，那我就在这里说清楚，学姐没有一件事做错了，学姐的做法是对的。"

奏语气强硬，久美子不由得瞪大了眼睛。与其说这句话是告诉久美子的，不如说是用来说服奏自己的。

"我没有刻意对真由温柔。"

"可是真的很温柔哦。她说了那么多次想弃权，学姐都笑脸相迎。学姐应该生气的。"

奏用力挥了挥胳膊，好似要甩开些什么。愤然跺地的声音回荡在空旷的体育馆。

"黑江学姐的态度……简直就是在侮辱久美子学姐！那个人是在

玩弄北宇治！"

在看到泪水从奏的双眼溢出的那一刻，久美子哑然了。奏的瞳孔深处燃烧着某种强烈的感情，那发着光的火焰无疑是愤怒，而令她气愤的是真由，也是过去的自己。

同类相斥——久美子的脑海中浮现出这四个字。

"你和真由一直保持着距离，难道是因为我吗？"

"如果我说'是'，久美子学姐就不会再去管她了吗？"

"那是不可能的。"

"那我有权保持沉默。"

奏"哼"了一声，别过脸去，像极了小孩子才有的举动。久美子僵硬的脸颊放松下来。

"你是觉得，真由的行为就像是在否定夏纪学姐和我的观点吧？随随便便就说弃权，让小奏来演奏更好什么的。"

"我刚才说过我有权保持沉默。"

"这些只是我的猜想而已，不过……我说中了吧？"

久美子盯着奏的脸。奏夸张地叹了口气，用手指卷起发梢，嘴角微微上扬，露出挑衅的笑容。

"在名侦探面前，我还是招了吧。确实，久美子学姐的猜想对了一半，另一半理由是，我并不喜欢那个人。"

"你就这么直接承认不喜欢她啊。"

"瞒着久美子学姐也没什么用，但就算我不喜欢她，也并不代表不认可她。黑江学姐刚来吹奏乐部的时候，我就知道她的水平在我之上，所以即便被选入A组的不是我，我也能够接受。在关西大赛的选拔中落选虽然让我备受打击，却没有任何不满。"

这些都是实话吧。合宿的时候，奏对于真由入选A组这件事也没有过多地评论，那天她的话题都在泷的身上。

"我知道你认可真由，你本来就是可以冷静分析别人的类型。"

"我就把这当作是在夸我吧。我对自己处事不惊这一点也颇有自信，所以当黑江学姐来到吹奏乐部的时候我很困惑。我从那个人身上感受到了恐惧。"

"恐惧？"

这个词让久美子很意外，她不禁反问道。真由的容貌简直可以称为柔弱可爱类型女孩的代表，"令人恐惧"这个形容与她实在不相称。

奏装模作样地耸了耸肩。

"是的。最早，我以为她想取代久美子学姐的位置。"

——怎么可能嘛？

要是能如此一笑而过该有多好。久美子强颜欢笑，她意识到自己的嘴角因紧张一直紧绷着。咚！心脏的跳动声沿着骨骼传到鼓膜。久美子的潜意识里深埋着一种危机感，只是她一直以来都佯装不知。感受到威胁的焦躁感和对对方无意识的敌意，没想到她竟对真由抱有此般情感。

奏悄无声息地将双腿交叉，白袜紧紧包裹着小腿肚子。她若有所思地用食指拂过脸颊轮廓。

"我曾以为，不以实力而是以其他标准去判断别人是很愚蠢的。久美子学姐和夏纪学姐都说过'北宇治以实力定高下'这句话吧。"

"嗯，我是这么说过。"

"事实上这个理念也拯救了我，但是……"奏少见地皱起了眉头，她好似在细细品味着个中苦楚，谨慎地挑选着语言，"但是现在我不知道自己的判断是不是有失偏颇。我一直都希望久美子学姐能够吹soli，但这到底是因为学姐的实力比黑江学姐更强，还是因为我喜欢久美子学姐，我已经分不清了。"

阳光穿透云层照在金色的上低音号上，反射出刺眼的光芒，让久美子不禁眯起了眼睛。

"要说搞不清，我也一样。"

但久美子知道不能一直这样下去。她轻轻咬住嘴唇，在脑海中计算着距离选拔的天数。

自己和真由，究竟由谁来担任soli，对吹奏乐部来说才是最好的呢？

手表显示现在是十七点五十五分，虽然离结束还有一点时间，但久美子还是把上低音号收进了乐器盒里。音乐教室传来打击乐部部员练习的声音。

打击乐部有好几种乐器，一到自主练习时间室内就一片混沌。浑厚的低音鼓，灵动的木琴、马林巴琴、铁琴，激昂的铜钹，再加上轻快的小鼓，音符自由自在地跳动，充斥着整个房间。

久美子望着音乐教室内的景象，穿过走廊，前往第三多媒体教室。今天十八点要举行干事会议。

"辛苦了。"

久美子打开门，看见秀一和丽奈早就到了。不知刚才发生了什么事，那两个人隔着一张长桌，死死地盯着对方，气氛紧张得一触即发。久美子不明所以地愣在原地，秀一朝她努了努下巴。

"快坐吧。"

"啊，嗯。"

久美子觉得坐在谁旁边都不太合适，于是搬了张椅子放在桌子短边一侧，也就是常说的主宾位。

"所以你就把我长号声部的部员叫出去训了一顿？你的恐怖统治该适可而止了吧？"

"说到底，是你没管理好高二部员吧？"

"你说什么？！"

"后辈对顾问指指点点，我教育他们有什么错？在选拔前说顾问的坏话，简直不可理喻。"

看来在久美子到这里之前，两个人就已经吵起来了。他们的争吵越来越激烈，久美子拼命从双方说的话中还原出事件原委。争吵的导火索应该是丽奈训斥了说泷坏话的后辈，不过丽奈对于"坏话"的判断有可能有失偏颇。

"其他部员也跟我说过你管得太严了，虽然我一直在处理这件事，做他们的思想工作，但还是有不少人备受打击。"

"然后呢？你说的处理是什么？说好听的话安慰一下就完了？"

"你这说话方式是什么意思？"

听他们话中带刺，久美子坐立不安，看看秀一又看看丽奈。今天这两个人太奇怪了，可能都正在气头上，完全没了平时的沉着冷静。

"'佛系副部长'，对吧？直到最后你都只顾着讨好每个人，把讨人厌的事情全都推给我。"

"啊？是你自己随随便便把怒气撒到别人头上去的吧？"

"好了秀一！你说得过分了，丽奈也是，到底怎么了？"久美子责备道。

秀一有些尴尬地缩了缩身子，丽奈发出一声冷笑。

"什么怎么了？不过是说出了一直以来想说的话而已，塚本也是，我也是。"

"最近你有些狂躁倾向吧？对好多事情都反应过激了。根本就没有人讨厌泷老师，只是压力太大了，稍微发泄发泄而已，就别追究了。"

"要是他们有我这样的实力，抱怨几句我自然不会多管，但那几个人根本不是这样吧？"

"你的意思是没有实力的人就不要发表意见了？也太专横了吧！

大家积了这么多不满，还不是因为你决定要在每次大赛都进行一次选拔？要是像去年的京都大赛一样，把A组成员都固定下来，大家也不至于像现在这样对泷老师有这么多质疑。部长和你来吹soli，不是皆大欢喜吗？"

"事到如今你还说这个？你包庇其他部员，其实也是因为久美子没能吹soli吧？可身为副部长，你应该做的难道不是去向大家解释'这件事是泷老师决定的，所以没办法'吗？让真由担任soli是因为她在选拔上比久美子吹得更好，真不理解你为什么要把如此简单的事情夸大到这种地步。"

——是因为她在选拔上比久美子吹得更好。

这句话在久美子的脑海里反复回响。丽奈的立场自始至终没有动摇过，于她而言，泷的判断是绝对正确的。

"你啊……"秀一无奈地摇了摇头，用手胡乱地揉着头发，"我想你也知道，比赛并不是一个人的事，你再好好想想参加社团活动，大家一起演奏音乐的意义吧。"

"我是为了吹奏乐部才说这些话的，大家都想在全国大赛上拿金奖吧？"

"那是自然，不过这并不等同于为了拿金奖就可以随便伤害别人。"

"伤害？谁把谁伤害了？"

"你伤害了周围的人。"

"要这么说，是那些被训了几句就觉得自己被伤害了的人有问题吧？我又没有对她们人身攻击，只是对他们犯下的错误就事论事。"

他们两个说得都没错，但言语有点过激了。久美子把手伸到站起的二人之间，强硬地按住他们的肩膀。

"你们两个，都给我冷静一下！"

久美子的声音很烦躁，这并非她本意。丽奈注意到后，脸上显出不快，她皱起眉盯着久美子。

"久美子，你总是这样敷衍了事，真的能解决问题吗？"

"不是的，但你们再吵下去也无济于事啊。"

"无济于事？你是叫我识趣一点，哪怕不情愿也要忍着吗？我只是在做好一个领队的本分，和你不一样。"

"我也在做好部长的本分。难道说，你还是认为我身为部长不够格？"

"高坂，你竟然还说了这种话？"

秀一眼神凌厉，面带怒色。久美子清楚地感受到房间里的空气凝固住了。

"那是……"丽奈低声呢喃道，抿紧嘴唇，脸上带着受伤的神情，就像一个受到训斥的孩子。

"……我做的所有事都是为了吹奏乐部。"

丽奈用手撑着桌子站起来，挎上书包，径直向门口走去。

"等一下。"

"啪"的一声，丽奈推开了秀一试图阻拦的手。她回过头，长发飘动。

"今天的会议结束，我先走了。"

还没等久美子和秀一说话，丽奈就走出了多媒体教室。久美子已经没了追她的力气，无力地瘫倒在桌子上。要是平时，她一定会冲出教室追到丽奈身边，但今天真的太累了，真由的事，还有奏的事，脑袋已经被塞得满满当当。

"抱歉。"秀一坐到久美子身边，小声嘀咕道，"和她这样吵起来不是我的本意。"

"要是你的本意可就麻烦了。"

久美子苦笑，轻轻拍了拍缩成一团的秀一的肩膀。秀一没有看她，只是重复着道歉。

柏油路上响起孤零零的脚步声。右脚，左脚，黑色平底鞋交错踩在地上，久美子呆呆地看着脚下。

丽奈先回去了，所以只剩下久美子一人给教室锁门。秀一提出要陪久美子一起，但被回绝。她想一个人待着。

到车站的路，一个人走的时候显得格外漫长。久美子无意识地用目光追随着划分开行车道和人行道的白线。车从身旁驶过，车灯一瞬间照亮她的身影。

今天丽奈的样子太奇怪了，虽然平时一涉及泷的事她就不太冷静，但即便如此也不会和秀一争吵到那个地步。秀一也有错，他单方面责怪丽奈，说得有些过分了。虽然丽奈确实让后辈们承受了不小的压力，但另一方面，她承担了唱黑脸的角色也是事实。能够理解到这一层的部员们还是很敬佩丽奈的。

想到这里，久美子停下了脚步。丽奈和秀一都说出了各自的观点，那自己呢？了解他们的想法之后，自己装作对一切都了如指掌一样。或许那时不该阻止他们的冲突，只要过了这段时间，他们自然会和好如初。要是自己没有多插手，一定……

久美子感到胸口一阵难受，她把手伸进书包，想把干事笔记拿出来。心想要是在笔记上留言，再传给他看，他们或许能装作什么也没发生过一样。

就在久美子将笔记本从拉链的缝隙间取出时，不小心把文件夹也一起带出来了，一枚画着橙色向日葵花田的明信片掉落出来。它颜色鲜艳，在路灯的照射下闪闪发亮，即便在昏暗的夜晚也看得清清楚楚。这是去年明日香亲手交给久美子的明信片。

——如果有困难，我可以帮你一次。

对，那个时候明日香这么说过。久美子长吁一口气，把明信片翻过来。明信片背面写着一串文字，像是地址。她反复看着明日香的字迹。京都府京都市左京区……从六地藏站坐京阪电车的话，应该就能到附近。要是突然拜访，不一定能见到明日香，不过如果是她的话，肯定会为自己做些什么。久美子此刻的情感和心中的烦恼，明日香一定能够理解。

久美子看了下钱包，够买往返车票的零钱。于是她把明信片收进书包，向车站跑去。

出町柳站位于京都市左京区，是京阪电车和叡山电车的换乘站，周围有几所大学，还有百万遍知恩寺和下鸭神社。

走出车站，从鸭川吹来的凉风掠过身体。久美子摩挲着手掌，望向桥对岸。被称作"鸭川Delta"的三角洲前排列着一个个跳石。

久美子按照明信片上的地址，走在整洁的道路上。走着走着，她发现周围的大学生越来越多。这一带有很多学生公寓，明日香或许也住在这样的建筑里。久美子一边张望着，一边走进狭窄的小道。

在错综复杂的小道上走了十五分钟后，一栋四层楼的公寓出现在面前。停车场里整整齐齐地停着车，公寓入口宽敞，怎么看都不像是学生公寓。不过，金属板上刻着的公寓名称却与明信片上写的一样。

久美子确认了一下明信片上的房间号，小心翼翼地在呼叫器上输入号码。要进入公寓，必须让住在里面的人给大门解锁。久美子按下呼叫键后，马上听到一声爽朗的"你好"。这个声音不是明日香的，久美子霎时慌了起来。

"那……那个，请问这是田中明日香的家吗？"

"是。请问你是哪位？"

"我……我是黄前久美子，那个……是明日香学姐高中时期的后辈。我……我没提前打招呼就来了，呃……"

久美子紧张得语无伦次，呼叫器另一头传来"咯咯"的笑声。

"啊，是黄前同学呀。"

"啊，对，是我。"

"既然是来见明日香的，那就进来等吧。我给你开门。"

话音刚落，紧闭的大门就开了。"谢谢！"久美子道谢，然后走进电梯。小小的电梯厢渐渐上升，久美子突然回过神来，发觉自己刚才忘记问那个说话的人是谁了。

既然是在明日香家里，那么她们应该住在一起吧。可能是明日香在大学认识的朋友。不过如果是大学朋友，那为什么会知道久美子的名字呢？久美子一个劲儿地想着，这时电梯到了明日香住的那一层。她走到门口，停下来做了一次深呼吸，然后按响了门铃。

"来了——"刚才那个声音传来，脚步声越来越近，紧接着房门便打开了。看到站在面前的人，久美子惊讶地瞪圆了眼睛。

"啊，香织学姐！你怎么会在这里……"

对方好像恶作剧成功了一样，眨了眨眼睛。

"请进！明日香现在出去买东西了，马上就回来。"

"打……打扰了！"

久美子换上香织拿出来的拖鞋，走进客厅。客厅连着两个房间，一间半敞着门，另一间关着门。那间关着门的大概就是明日香的房间吧。香织注意到了久美子的视线，微微一笑。

"我和明日香合租了一间公寓，比一个人住要省钱多了。"

"这，这样啊。"

在别人家到处乱看可不礼貌。久美子抑制住好奇心，照香织说的坐在椅子上。一想到明日香和香织每天都在这个客厅里吃饭，她就有一种不可思议的感觉。

"今天怎么了？有事找明日香商量吗？"

"是的，想问一些关于社团的事。"

香织用热水泡了茶包来招待久美子。客厅里的家具都是黑白色调，风格沉稳，令人安心。电视柜上立着一个相框，里面是穿着滑雪服的明日香、香织、晴香三人的照片。

"对了，黄前同学现在是部长吧？"

香织把红茶放在桌子上，在久美子对面的椅子上坐下，带褶边的衬衣衬出她窈窕的身形。

"啊，是的，正努力着。"

"这样啊，好怀念呀——"

香织拿过一块方糖，扔进杯子里，用银色的勺子搅拌起来。白色的方糖慢慢融化。

"那个，香织学姐现在在做什么呢？"

"我吗？我想当护士，所以现在在读护士学校。"

"护士吗？好厉害。"

"没什么厉害的啦，纯粹是受了姑妈的影响，我从很早以前就一直想做能帮助别人的工作。"

"哇——"久美子不禁发出感叹。香织在高中时就明确了未来的目标，和现在的自己一比，久美子便对她感到由衷的钦佩。

"不说这个了，我更想听听你的事。你来找明日香，是打算商量什么事呢？"

"是关于社团活动的……各种各样的事。"

"你们已经晋级全国大赛了吧，还是有很多不顺吗？"

"嗯，因为今年有很多变化，还有了新规定，每次大赛都要进行一次选拔，所以社团的气氛很紧张。不止这些，还有……"

"还有像我和丽奈那样，因为独奏闹矛盾了之类的事？"

这句话一针见血，久美子无言以对。香织似乎看穿了她，脸上浮现出淡淡的微笑。

"部长也不容易啊。是不是有水平很高的高一新生入部？"

"也不是……是有个吹上低音号的转校生来了，三年级的。"

"啊，我知道了。你和那个孩子在竞争独奏吧？"

"嗯。有很多部员都支持我，但也因此产生了分歧，我不知道应该怎么办才好。"

"你的心情我能理解哦，我那个时候也很害怕。"

"真的吗？"

听久美子这样问，香织将食指贴近嘴边，说道："这个可得保密哦。"

"虽然知道大家都是为了我，不过矛盾逐渐激化，最后到了谁也控制不了的地步。你想，吹奏乐部有那么多人，有多少人就有多少想法，虽然大家都没有错，但我却无法妥善处理好……该怎么说呢，我觉得很痛心。"

"香织学姐……"

久美子想起两年前的事，闭口不言。二次选拔的时候，香织主动把独奏的位置让给了丽奈。然后北宇治在全国大赛上登场，丽奈也在全国的舞台上圆满完成了任务。

久美子端起杯子，琥珀色的红茶微微荡漾，泛起的热气有橘子的甘甜味道。

"对了，丽奈还好吗？"

"那个……怎么说呢……"

久美子挠了挠后脑勺，心想总不能和香织说今天刚吵完架吧。香织用手掩着嘴，温柔地笑了起来。

"丽奈和你在一起，一定很开心吧。"

"要是这样就好了。"

久美子不认为现在的丽奈会这么想。回想起丽奈受伤的表情，她不禁叹了口气。

香织把杯子放到茶托上，微微歪着头。她两手叠放在桌子上，用平静的声音问道：

"丽奈对你来说，是特别的人吗？"

久美子不明白这个问题的意图，一时答不上来，便端起杯子放到嘴边。香织站起来，拿起放在电视柜上的相框，用手温柔地摩挲着照片。

"晴香说明日香并不特别，但我觉得，明日香毫无疑问是个特别的存在。"

久美子也清楚地记得那个时候的事。当时晴香还是部长，她在音乐教室对部员们说："明日香并不是特别。"她的本意，是训斥那些只会把重担全推给明日香的人。

久美子不知道该说些什么，她再次端起杯子。甘甜的气味沁人心脾。

香织把相框放回电视柜上，笑着看向久美子。

"不仅仅是明日香，我觉得所有人都是特别的。丽奈于你如此，反之亦然。总有人对另一个人来说是特别的，所以明日香对我来说很特别，即便我对明日香来说可能并非如此。"

香织重新坐回椅子，动作优雅地把手指搭在杯子上。她垂下目光，看起来很幸福，又或者是装作很幸福。为了掩饰不安，久美子用右脚脚尖搔了搔小腿肚子。

"我觉得对明日香学姐来说，香织学姐是特别的。"

"是吗？"

"你们都住在一起呀。"

"这个嘛，其实是我强硬地拜托她来着。"

"我觉得明日香学姐是那种如果不情愿一定会拒绝掉的人。"久美子向前探出身子说。香织看着她，睁大了眼睛。"也是。"她点点头，绽放出一个微笑。

"对了，我忘记拿点心出来了。家里有曲奇饼干，要不要吃？"

"啊，好的。"

"明日香很喜欢这个。"

蓝色罐子里装着点缀着巧克力碎的黄油曲奇。久美子把它放入口中的一瞬间，两年前的记忆便翻涌而来。香织递给自己的点心，只有两个人的日式房子，黑色的乐器盒，银色的上低音号……

"去明日香学姐的老家时，她也拿出这个曲奇来招待我了。"

"哈哈，看来明日香的口味一直没变呢。"

久美子正想去拿第二块曲奇时，从玄关传来了开门声。随着一声爽朗的"我回来了"，一阵"咚咚咚"的脚步声越来越近。明日香走进客厅，夸张地向后仰去身子。

"咦？这不是久美子吗？怎么在这里？啊！你是来兑换魔法券的？"

还没等久美子解释，明日香就自顾自地猜起了原因。她"嗯嗯"地点了点头，然后坐到久美子身边的椅子上。

"不把买回来的东西整理一下吗？"香织拿起明日香提回来的超

市购物袋。

"好啦好啦，难得后辈过来。"

"明日香也喝红茶？"

"嗯！"

两个人之间的对话如此自然，久美子对她们一起生活的事实更有了实感。明日香单膝跪在椅子上，拿起一块曲奇。她穿着牛仔裤，双腿显得修长。

"所以，发生什么了？管理社团遇到困难了？"

"据说有个转学来的高三部员和黄前同学在竞争独奏，导致部内形成了对立。"香织替久美子回答道。

"哎呀，居然有这回事。"明日香做出惊讶的表情，一看就是在演戏。久美子小声补充道：

"要讲清楚可能有点困难……那个转校生，对比赛没有丝毫执念，总是动不动就对我说要弃权选拔。单单她这种做法，就让我不知道该怎么处理。再加上今年不知怎的，泷老师似乎有些优柔寡断，一些部员对此感到不安，于是在背后偷偷说老师闲话，丽奈发现了以后很生气，训斥了他们一顿，现在社团的气氛非常紧张。"

"哇，久美子好可怜啊。明明自己有能力却总把决定权交给别人，和这种人相处起来很麻烦吧。我能理解。"

"就这么应付几句就没啦？"

香织把买回来的东西放进冰箱后无奈地说道。她递给明日香一杯红茶，坐到自己常坐的位子上。久美子被她们两个围住，感到有些紧张，不自觉地抿了一口红茶。

"不过要我说，这些都是意料之中的事情吧？泷老师和高坂完全不擅长处理人际关系，所以这方面你不为他们善后怎么行？"

"好像确实如此……"

"对了，对立是指什么？我预想中，久美子应该是个很有声望的部长啊……啊，莫非那个转校生被孤立了？"

"也没有到被孤立的地步。怎么说呢，总感觉她没办法融入大家。"

"啊，我明白了，所以社团内部才会有人质疑泷老师啊。泷老师让转校生吹独奏，导致黄前部长一派的部员们愤愤不平，纷纷发泄不满说'泷老师为什么没有选部长'，结果这些被高坂听到了，她被气得不行，是这样吗？"

"明日香学姐难道有超能力吗？"

她推测得完全正确，让久美子哭笑不得。明日香得意地"嘿嘿"一笑。

"不过如果真是这样的话，我不明白你有什么可烦恼的。那个转校生想弃权选拔吧？那就由她去呗，这样不就解决问题了吗？皆大欢喜呀。"

"不是的，她明明有实力，却要弃权，这是个大问题啊。"

"欸？但这不是她自愿的吗？既然对比赛没有执念，那肯定也不会执着于吹独奏。要是换久美子吹独奏，社团的气氛也会变好。这样看来，你阻止她弃权，难道不是因为你的'自尊'吗？"

明日香言语犀利，久美子不禁咽了口口水。这扑面而来的压迫感真是怀念，和过去一样，久美子还是一句话也无法反驳。

看见久美子沉默不语，香织责怪明日香道："你看你，不要欺负学妹嘛。"

"才没有欺负她呢——"

"都说那样的话了……黄前同学也是，没必要全都往心里去。明日香说的话虽然很有说服力，但大多也都是临时随便说说的。"

"真遗憾，我可是认真的哦。"

"是是是，你吃点曲奇吧。"

香织把曲奇罐递到明日香面前，明日香老老实实地开始吃曲奇。香织凝视她的目光透出一股慈爱。眼下这个气氛，谁都不知道说些什么才好，久美子坐立不安地扭了扭身子。

"黄前同学是想和那个转校生堂堂正正地竞争吧？哪怕自己落选了也没有关系，是这样的吗？"

听到香织的话，久美子拼命点头。

"经历过的人就是不一样啊。"明日香调侃了一句。

"但周围的人不一定能接受，而且那个转校生本来就没有要竞争的意思，所以你想做点什么改变他们，对吧？"

"就是这样。"

"这么一来，你该做什么不是已经很明确了吗？为了不输给对方去努力练习，并且把自己的心情告诉对方……你的心情，有好好传达给部员们吗？"

答案自然是"没有"。今年大家的演奏水平都提高了，而一直是丽奈在鼓舞部员们的士气，至今为止，久美子从没想过要把自己的心情化作言语告诉大家。

"说到底，久美子你究竟想怎么样？"明日香一边咀嚼着曲奇，一边问道。

久美子看向杯子里面，茶水倒映出她眉头低垂、怯弱的模样。

"可能这只是些漂亮话……我想让大家在毕业时都能觉得在北宇治高中吹奏乐部留下了美好的回忆，我不想让任何一个人变成恶人。当我重新思考参加比赛的意义时，我的想法有了变化，觉得并不能一味地追求结果。当然，我也想拿金奖，但是我希望能在所有人都满意、接受的状态下去挑战比赛。"

和丽奈产生分歧，一定也是这个原因。对于社团活动存在的意义，久美子的价值观发生了变化。

明日香藏在红色镜框后的眼睛眯了起来。

"泷老师执着于比赛结果，是因为这样方便管理。只要比赛拿到了不错的成绩，大家便都会支持吹奏乐部。家长、学校、学生，甚至当事人自己的心态也会发生变化，这样一来社团更容易形成'努力即正确'的氛围。"

氛围……这种说辞夏纪也曾提到过。久美子成为部长后，终于理解这个词真正的含义。在一个团队中，氛围是必要的，那些被称为"名师"的指导者都很擅长制造那样的氛围。

"刚才久美子不是说今年泷老师变得优柔寡断了吗？"

"啊，对。"

"但说实话，这是很自然的事哦。因为泷老师不是神，是普通的人。既然是普通人，就会有烦恼，有迷茫。我在北宇治的时候，就觉得泷老师对于处理人际关系这方面其实还有很多不成熟的地方。他还是个年轻的老师，也是没有办法的事。"

"学姐以前是这么认为的吗？"

"所以他不足的地方就由我去完善，而泷老师保持原来的样子就可以了。这个世界上没有十全十美的指导老师，也没有十全十美的人。"

明日香的声音异常冷静，她的瞳孔如黑曜石般深邃，与高中时期别无二致。她对泷老师的分析很客观，久美子也认同她的想法。

明日香用修长的手指轻轻敲击着杯子的边缘。

"要论泷老师为什么这么想带领大家走到全国大赛，那是因为他本身就是个努力的人吧。他手里握着部员们的命运，所以才拼了命地为社团而努力。"

确实，久美子也这么想。如此简单的道理，为什么自己就不明白呢？久美子的喉咙微微震动，一股热流翻涌而上。每天早晨都很早到办公室，热切地研究其他学校的演奏，明知会加重自己的负担还是要增加选拔次数……这一切的一切，都是为了部员们。

久美子轻轻按住眼睑。她曾因害怕在吹奏乐部失去容身之所而被蒙蔽了双眼，可泷老师明明已经把答案放到了自己眼前。

"我很喜欢北宇治的音乐哦。"香织用手托着下巴说。

"我也是，很喜欢。"

久美子喉咙发紧，声音沙哑。"现在才发现啊？"明日香笑了，用手揉了揉久美子的脑袋。这久违的感觉令久美子无比怀念。

"放心啦，你一定能妥善处理好的！"明日香把手从久美子头上拿开，用力拍了拍她的后背。

"毕竟是打倒了明日香的人嘛。"香织调侃道。

"我怎么没有印象？"

"我很佩服你哦，真厉害。"

"你干吗无视我？不许欺负人！"

"啊，黄前同学，带些曲奇回去吧？我给你装起来。"

"香织在叛逆期——"

明日香趴在桌子上，耍赖似的摇晃着修长的手臂和双腿。这孩子气的举动是她独特的撒娇方式吧。久美子接过装在可爱包装袋里的曲奇，两位学姐低下头。

"今天突然造访，十分抱歉。"

"没关系，能有机会聊一聊社团的事，我很开心哦。"

"北宇治，加油——"

明日香突然举起拳头，久美子也配合着慌忙做出相同的动作。

"加油！"

"反应挺快的嘛。"明日香心满意足地勾起嘴角。

久美子在玄关换鞋的时候，两人也没有催促，一直静静地等待着。她在两位学姐温柔的目光中离开，再一次道别。

穿过京阪宇治站的检票口，久美子快步跑过宇治桥。她从明日香和香织的话中得到了自信和力量，在夜色中疾步前进。没关系，一定可以的。明日香也说了我能做到，所以，一定可以的。

自信像气球一样膨胀起来，却又随着久美子放缓的脚步慢慢干瘪下去。方才轻快的步子渐渐变得沉重。明明前一秒还觉得自己能行，不知为何现在却有种无力感。

在学校已经没有可以称呼为前辈的人了。自己就是部长，是最高学年，所以一定要振作起来才行。

排列整齐的路灯照亮了漆黑的夜路，潺潺的流水声在久美子听来倍感寒意。她抬起像灌了铅一样的腿，向家的方向走去。即使明日香已经为自己施了魔法，久美子依旧感到很孤独，仿佛全世界只剩下自己孤零一人。

"久美子？"

一束光在地面上延伸，那是久美子所住公寓的灯。久美子顺着灯光，看到秀一正站在入口处望着她。秀一穿着校服，疑惑地盯着久美子的脸，然后把运动包放到地上，朝她走去。

得说些什么，久美子心想，然而她却发不出声音。秀一已经许久没有直接呼喊久美子的名字了。

"怎么了？"

就是这样久美子才"讨厌"秀一，因为他总是能轻易地击破久美子的心防。意识到秀一正盯着自己后，久美子轻轻摇了摇头。

"没什么。"

"怎么可能没什么？"

"秀一才是，怎么在这里？"

"我在等你。今天出了那样的事，我怕让你为难。"

"所以就一直等到这个时候？"

秀一什么也没说，只是笑了笑。久美子又感到喉咙涌上一股热流，她努力咽了下口水。

"……我去见明日香学姐了，想和她商量一下。"

"去年毕业的田中学姐？"

"嗯。"

"出了什么事吗？"

"不是，没出什么事。"

学姐既没有说让人难过的话，也没有过分的言语。只是明日香和香织都太有前辈的样子了，让久美子不禁回想起自己还是后辈的时光，更加深刻地感受到时间一去不复返。

"我不能再这样下去了。"

"是啊。"

"没有其他事了，仅此而已。"

越珍惜现在拥有的时光，就越害怕分别。这样的日子要是能永远延续下去该有多好，也就无需害怕失去。

久美子攥着裙摆，埋下头。秀一会瞧不起这样没出息的自己吧？明明是自己说想专心做好部长，才提出与秀一分开，结果却完全没做好。为什么自己这么软弱呢？当上了部长，本该变得更强大才是。

"不那么努力也没关系。"

听到这句话，久美子呆呆地抬起头看向秀一。她以为秀一对自己彻底失望了，但下一秒，对方温柔的表情映入眼帘。

"我是说，你现在已经很努力了，没必要再勉强自己了。毕竟还有我这个副部长呢，协助部长是我的职责。我虽然没法成为田中学姐和中川学姐那样厉害的副部长，但至少在你快要撑不下去的时候，我会陪在你身边……我是这个意思。"

四周灯光昏暗，但久美子还是能看到秀一通红的脸颊。为了掩饰害羞，秀一把手放在脑后，不自然地看向天空。夜晚的空中，月牙好似在偷笑。

"你说这么温柔的话，听起来好像我办事很不靠谱呢。"

"本来就是嘛，你就喜欢凭着自己的性子乱来。"

"对我也是。"秀一补充了一句。久美子的脸颊似火烧般滚烫，仿佛全身的血液都沸腾了。好害羞，好想逃走，但又不想离开。果然，我还是喜欢秀一啊。久美子心想。

"不管我再怎么劝，你也还是会继续逞强的吧，所以我也会继续努力的，为了在你快要跌倒的时候能扶你一把。为了不后悔，努力坚持到最后吧！"

"嗯。"

久美子抬起一只脚，轻轻晃了晃。沉重感不知何时消失不见了。

【北宇治高中干事笔记】

九月　第二周的星期五　　　　　　　记录人：黄前久美子

今天在放学后的会议上发生了好多事，我还是第一次见丽奈和秀一吵架。经过自我反省，我觉得应该好好去面对这件事，所以我写了这篇日记。

我承认，我曾怀疑过泷老师是否真的是以实力来进行选拔的。当然，并不是百分之百怀疑，只是在心中的某个地方一直都存在着这样的疑虑。很多部员也有这样的想法，大概是因为泷老师的做法与以往不同。我有几次都在泷老师身上感受到了违和感，而我无法做到让部员对此视而不见。不过，丽奈对其他部员发火时候的心情，我多少也能理解。

如丽奈所说，如果我有压倒性的实力，可能社团的气氛就不会变成现在这样了。但事实并非如此。我……其实很害怕，害怕真由。为了能和丽奈并肩站在一起，我才努力到了现在，而如今真由可能会把原本属于我的一切都夺走。

我身为部长，同时也是一名演奏者，两种身份让我很混乱，不知如何是好。大家对社团活动的想法不尽相同，有人说社团活动是可以逃离现实世界的乌托邦，有人说社团活动是创造美好回忆的地方。不过，这没什么不好。就算大家的想法各不相同，只要能朝着同一个目标前进就可以了。

即便关西大赛时是真由来吹独奏，我依旧是我，不存在谁抢夺了谁的位置，因为总有一个人对某个人来说是特别的存在。我相信这一点，并且不会再恐惧。

我想明天和部员们谈一谈。如果这就是我作为部长的意义，那也好。不知怎么写成日记了，丽奈和秀一，谢谢你们一直读到这里。

久美子写完最后一个字，合上笔记本。房间书桌上的钟表显示现在是夜里十一点。久美子闭上眼睛，想象着和丽奈再会的时刻。

丽奈会收下笔记本吗？她在读这篇文章的时候，我要一直默不作声地在旁边等着吗？怎么想都觉得有点奇怪，久美子躺倒在床上。有没有什么更好的办法，可以好好地向丽奈传达自己的心意呢？她闭上眼睛，脑海中流淌着《利兹与青鸟》中霙与希美的合奏。

"……你在干什么？"

第二天早上，在京阪宇治站的入口处，丽奈被吓了一跳，不由得停下了脚步。周六的清晨没什么人流，即便如此，进站的人们还是向两个相互盯着对方的女高中生投来好奇的视线。

"嗯！"

久美子再一次向丽奈张开双臂。丽奈不明所以地摇了摇头。

"干吗？你认真的吗？"

"最喜欢的拥抱。"

"啊？"

丽奈张大嘴，一脸震惊。久美子费力地保持着同一个姿势，然后平静地再三说明。

"都说了嘛，是最喜欢的拥抱。"

"这是什么意思？"

"以前霙学姐和希美学姐玩这个游戏的时候，我说过我们两个没有必要。那时我真的这么认为，因为我和丽奈相互理解，是很亲密的朋友，有些事即便不说出口也能传达给对方。但现在我觉得还是应该表达出来，如果喜欢，就要大胆地说出来。"

丽奈嘴唇颤抖，脸颊红彤彤的，这大概并不是因为喜悦，而是害羞。

"你……"她含糊不清地吐出一个字。

"我？"久美子反问。

"你干吗一大早说这么害臊的话？！还是在车站前面！"丽奈大声喊了出来。

"欸？"

事到如今才说这个？久美子心想，不过丽奈也有她自己的底线。

都怪丽奈满脸通红地大喊大叫，她们两人更加引人注目了。不过要是现在提醒丽奈这个事实，未免有些不识趣。

"比起这个，你要是再不过来，我的手臂就要撑不住了。"

"谁管你！你自己要举着的。"

"因为我知道丽奈一定会回应我的。"

"你为什么那么自信？"

"因为丽奈也很喜欢我，不是吗？"

久美子一直举着手臂，她感到体内的乳酸开始堆积。多亏了以前斯巴达式的游行练习，她才能一直维持同样的姿势。丽奈还是一动不动，久美子努力保持着最灿烂的笑容。

"好啦，快来！"

"咚"的一声，丽奈扔下书包，一言不发地冲进久美子怀中。柔软的触感化为一阵冲击，袭向久美子全身。

"……笨蛋。"

耳边响起轻轻的嘟囔声，久美子闭上眼睛。

"我很喜欢丽奈哦。丽奈努力的样子，倔强的样子，还有决定了自己的道路就一直走到底的样子，我都很崇拜。"

"我也喜欢久美子。温柔的时候，偶尔使坏的时候……"

"这算是夸我吗？"

"不是说喜欢的地方吗？久美子这些地方我都喜欢。"

"嘿嘿。"

"你笑什么？"

"丽奈不也是吗，在车站前面说了这么多肉麻的话。"

　　久美子的内心泛起一阵波澜，痒痒的、暖暖的，不知为何有些想哭。两人拉开一点距离，但谁也没有松手。

　　"我昨天去见了明日香学姐，发现她和香织学姐住在一起。香织学姐说，明日香学姐是特别的，总有一个人对某个人来说是特别的存在。我也是，丽奈对我来说就是特别的。"

　　"什么嘛。"

　　"我一直都很崇拜你，但我不后悔曾经对你说过的话。我们都有可以思考的大脑，有用来演奏乐器的双手，有用来前行的双腿，所以我们不只是一味地听从老师，而是想知道他这么做的深层原因，这并不是一件无理的事。我也有想法和泷老师不一致的时候，泷老师并不是完美的人，也正因如此，我们才要跟随泷老师。"

　　丽奈埋下头，好像在思考，然后她慎重地组织起语言。

　　"泷老师很厉害。"

　　"嗯。"

　　"他真的是一位很厉害的老师，我一直都非常尊重他。"

　　"嗯。"

　　"但是，久美子说得没错。"丽奈缓缓绽放出一个笑容，"对不起，久美子，我说你作为部长不够格，那句话过分了。"

　　"真是的，我可一直在努力哦。"

　　久美子噘起嘴，指尖轻轻划过丽奈柔顺的发丝。丽奈把额头抵在久美子的肩膀上，难为情地扭了扭身子。

两人到达教职员办公室时，音乐教室还没有传出演奏声。今天应该是最早到的吧？久美子心想。"打扰了！"她推开办公室的门，室内一片寂静。

久美子和丽奈面面相觑，一齐看向办公桌隔板的后方。泷正戴着耳机，专心致志地盯着电脑屏幕。画面上写着"全日本吹奏乐大赛"几个字，似乎是去年全国大赛时龙圣学园的演奏录像。

丽奈小心翼翼地伸手拍了一下泷的肩膀。

"老师。"

泷身体一震，回过身看到她们两人。他缓缓垂下目光，露出一如既往温柔的微笑。

"啊，今天你们两个一起来的啊。抱歉，我还以为是教导主任，吓了一跳。"泷说着，拔下耳机。

"老师正在听演奏啊。"久美子指着电脑屏幕说。

"嗯，可以学到很多东西。月永老师结合男子校的特点，创造出了适合学生的音乐。每次听前辈指导的演奏，都会深刻意识到自己的不足。"

"才没有那样的事。"丽奈立即否定道。

泷靠在椅背上，露出笑容。

"去年桥本老师对我说'只有结果才重要吗？以比赛拿到好成绩为目标当然有诸多好处，但如果只执着于结果就是大人的私心了'。

桥本老师的口头禅就是'享受音乐'，我觉得他是想让大家都好好思考一下音乐存在的意义。"

这些话很有桥本老师的风格。虽然他担任着指导大家练习参赛曲目的工作，同时却又厌恶比赛至上主义。泷和桥本，两人的性格虽不尽相同，却也有相似之处。

"刚才也说了，我还不成熟。作为一个成年人，一个老师，要实现自己的理想有一定困难。然而在从事这份工作时，我就决定了要成为童年时自己理想中的教师。虽然不知道你们是怎么想的，但至少我感觉自己很幸福，因为我遇到了大家。"

"老师……"

久美子能感受到站在身边的丽奈倍受感动。她握紧拳头，进一步问道：

"您理想中的老师是怎样的呢？"

"应该是有原则的人吧。真正意义上的坚守原则，对所有人都一视同仁。"

泷没有丝毫犹豫地回答道，然后看向久美子。

"黄前同学想成为什么样的大人呢？"

"我……"久美子还没来得及思考，答案便脱口而出，"我想成为像泷老师一样的人。"

说完，连久美子自己都吃了一惊。不过，这个答案或许早已渗透到她的内心深处。构建未来的最后一片拼图终于凑齐了。久美子久久寻找的东西，从一开始就在眼前。

"老师来到北宇治之后，吹奏乐部变了，很多人也变了。我也想成为改变别人的人，想像您一样成为一名教师。"

丽奈睁大眼睛，盯着久美子。泷关上正在播放的录像，微微一笑。

"如果黄前同学成为老师，说不定未来有一天我们会在比赛的舞台上相遇呢。"

这样的未来会在某一天来到吗？和音乐有关的道路一定不止一条。

"嗯！"久美子回答。她眨了眨眼睛，再次睁眼后看到的世界一片色彩斑斓。

合奏练习前，久美子站到了指挥台上。从上周五开始，音乐教室的椅子一直保持着合奏阵型。正在试音的部员们看到不是丽奈而是久美子站在指挥台上，都有些不可思议。久美子深吸一口气，环顾着部员们的脸庞。

"合奏前我有话要对大家说。"

台下一百零三个座位只有一个空着，那就是正站在指挥台上的久美子的座位。从泷老师那里拿到钥匙后，她把昨天写的干事笔记亲手交给了丽奈。丽奈看过后，应该也拿给秀一看了。

秀一望着久美子的目光掺杂着担心，坐在他旁边的丽奈一脸平静地轻轻踢了踢他的腿，应该是要告诉秀一不要露出一脸担心的样子吧。这个传达的方式也是够粗暴的了。

"我想大家都知道，后天就是第三次选拔，留给我们练习的时间只有两天了。选拔结束后，会选出五十五名部员代表北宇治向全国大赛发起冲刺，所以今天趁一百零三名部员都在场，我想和大家说几句。"

教室里一片寂静，只有久美子一个人的声音。她不太擅长让大家的注意力都集中到自己身上，但这也是部长的工作之一。久美子用余光扫了一眼上低音号的席位，她看到真由正眯着眼望着自己，发梢随着空气在胸前轻轻摇晃。

"直到三年前，北宇治都并非强校，只是一个不知名的小角色。但随着泷老师的到来，北宇治开始慢慢前进。我想如果没有泷老师，我们的校园生活将会变成完全不同的另一番情景。"

如果，北宇治止步于京都大赛……

如果，我没有成为吹奏乐部部长……

如果，我没有来到北宇治……

久美子怀揣着许多"如果"度过了这一年，但这些假设从一开始就没有意义。久美子进入吹奏乐部，成为部长，紧接着北宇治入选了全国大赛。为了抓住更好的未来，冥冥之中大家都做出了选择。

"现在的北宇治对所有人都很公平，每个人都有机会。高一和高三的部员可以平等地竞争，为同一个目标而努力。我很喜欢这样的北宇治。我一直努力到今天也好，向着全国金奖的目标前进也罢，一切都是因为北宇治，因为有在座的每一个人与我一同前行。"

感情冲破牢笼，接下来则变得自然而然。久美子看着真由，而真由那双澄澈的双眼也一直在观察着久美子。

你不需要伤害别人，也不需要按照我的期望去做。久美子希望真由能够明白自己的想法。她知道自己对真由产生的复杂感情是因为自己的"尊严"，但即便如此她还是要说——

不要放弃！

两年前，久美子向明日香喊出的那句话，如今正是久美子最需要的。

"希望所有人都努力可能只是我不切实际的愿望，也许有的部员认为自己放弃是为了北宇治好，但我并不认可这种行为。我不希望等到五年后、十年后，大家回忆起现在的时光时是后悔、遗憾的。什么为了社团，为了谁好，这些想法都不需要。我希望所有人都能尽全力，如果没能入选A组，没能吹独奏，可能会有人感到不甘心，但拥有不甘心的情感也是一个人的权利，没有人能够剥夺这项权利。"

后悔也好，失败也罢，只要是自己尽全力后争取来的东西，就绝不是一无是处的。最后回忆里留下的，一定不会只有悲伤。

"努力不是用来说服旁观者，而是用来说服自己的。离选拔还有两天，我希望大家能做出让自己无悔的选择。如果大家的选择最终能引领我们获得全国大赛金奖，那自然再好不过。虽然我是个靠不住的部长，很多事情还要依赖领队和副部长，但我觉得自己是最关注大家的人。我想说，只要是现在的北宇治，只要大家竭尽全力，一定会有好的结果在等着我们，所以……所以……"

言语比情感慢半拍，久美子说到最后却不知如何结尾，她吸了吸鼻子。这时，坐在面前的秀一高喊：

"部长！这时候得做那个啊！"

"那个？"

"就平时的那个呀！"

久美子回过神来，看到部员们都温柔地望着自己。他们挺直脊背，握紧拳头，等着久美子发信号。久美子用袖口胡乱地擦了擦眼睛，挺直腰板，深深地吸进一口气，然后向着空中奋力举起拳头。

"北宇治，加油——！"

"加油——！"

整齐划一的声音震动着空气。部员们你看着我，我看着你，然后一齐笑出了声，连日紧绷的气氛霎时烟消云散。

"啪！"丽奈拍了一下手，大家的目光瞬间聚集到教室后方。

"好了，十分钟后开始合奏，大家先试音吧。"

"是！"

听到丽奈的指示，部员们各自行动起来。久美子如释重负地吐出一口气，从指挥台上走了下来。佳穗好像一直在等着时机，见久美子下来，她立刻从曲谱架的间隙间钻了过来。

"久美子学姐，可以占用你一点时间吗？"

"怎么了？"

"我想给学姐们拍张照片。"

"拍照？"

佳穗一个劲儿地点头，然后拿出数码相机。她的相机连着一根黄色的挂绳。

"奏学姐和真由学姐也一起吧。"

"我就算了。"真由慌忙摇头。久美子抓住她的手腕，拉向自己。

"真由也一起照嘛。"

"既然久美子学姐都这么说了，那理应不该推辞吧？毕竟学姐刚刚才发表了一场激情四射的演讲呢。"

奏用手掩着嘴，发出愉悦的笑声。真由看了看久美子，又看了看奏，然后歪着脑袋问道："你们两个都希望我一起照吗？"

"我姑且不论，久美子学姐肯定是希望的。"

"小奏总喜欢这么敷衍过去。"

佳穗当作她们都同意了，兴高采烈地带着三人走到走廊，一边说着这里的景色很好，一边让三个人站在窗前。久美子被奏和真由围在中间，小心翼翼地摆出胜利的手势。奏故意挽住久美子的胳膊，真由也把身体靠向久美子。

"来，北宇治——"

"欸？要喊什么？"

就在久美子还摸不着头脑的时候，佳穗按下了快门。"再拍一次！"久美子拜托道，佳穗马上答应下来。她用指尖轻抚相机的屏幕，像摩挲着珍宝。

"等会儿我把照片传给大家！"佳穗笑着说。

久美子从佳穗手中拿过相机。

"我们四个人一起拍一张吧！"

佳穗短刘海下的双眼猛然一亮。上低音号声部唯一一位高一部员被三位学姐围住，灵巧地按下快门。切换成自拍模式的相机拍下了四个人喧闹的模样。

*

【北宇治高中干事笔记】

九月　第三周的星期三　　　　　　　　记录人：冢本秀一

一想到今天放学后要公布选拔结果就好紧张啊，但我能感受到整个吹奏乐部都在向好的方向前进。久美子在拼命练习，黑江也开始认真对待选拔，两个人水平都很高，又都很努力，所以最后无论是谁当选，我想大家都能接受。

评论：

相信泷老师的判断吧。（高坂）

我和真由都拼尽全力了哦，所以无论结果怎样我都接受。

（黄前）

　　*

　　"接下来公布选拔结果，被叫到名字的人请大声回答。"

　　"是！"

　　放学后，吹奏乐部的部员们在音乐教室里整齐地列好队。这是今年第三次选拔，虽然大家早已习惯了流程，但要说不紧张是不可能的。

　　泷的目光落到手中的文件夹上，他静静地呼出一口气，声音异常平静。

　　"那么从小号开始。高三，高坂丽奈。"

　　"高三，吉沢秋子。"

　　"高二，小日向梦。"

　　久美子侧耳倾听这一连串的名字，绝大部分部员都没有变化，但是长号声部的高二部员换成了高一部员，而后者此前一次也没有被选入过A组。

　　"接下来是上低音号。"

　　泷机械地念着名字。

　　"高三，黄前久美子。"

　　"到！"

　　"高三，黑江真由。"

　　"到！"

"以上两人。"

与关西大赛时不同，这个结果让人更容易接受。奏一直盯着泷，表情丝毫不变，她的自尊不允许自己露出丝毫破绽。久美子从奏身上移开目光。

"接下来是大号声部。高三……"

叶月、美玲、纱月、雀，四个人的名字一个接一个地被叫到。紧接着，绿辉和求也入选了。低音声部的阵容和关西大赛时一样，没有人员变动。

然后是木管声部和打击乐声部，出现了高二部员之间的人员变更。有个女孩哭了出来，但她明年依旧有机会。久美子用力攥紧裙摆，试图冷静下来。

"以上念到名字的五十五人，将代表北宇治高中出席全国大赛。接下来公布独奏者名单。"

久美子瞥了一眼真由，发现对方也在看着自己。久美子不知道真由在选拔时表现如何，但她确信真由没有故意放水。久美子努力到了今天，真由亦是如此，所以即便自己落选，她也有信心能坦然接受。

"指定曲目萨克斯独奏，高三，泷川近夫。"

"自选曲目第一乐章，单簧管独奏，高三，高久智绘里。"

"第二乐章，马林巴琴独奏，高三，釜屋燕。"

"低音提琴独奏，高三，川岛绿辉。"

"第三乐章，小号soli，高三，高坂丽奈。"

"到！"丽奈的应答声强烈地震动着久美子的鼓膜。

"上低音号soli，高三，黄前久美子。"

一瞬间，久美子喉咙颤抖，发出的应答声走了调，但却没有人笑她。

真由垂下眼角。"恭喜。"她用口型无声地说着这句话。

泷把文件夹夹到腋下，环顾室内。部员们表情各异，有人欢喜有人忧，但这是泷给出的最优解。现在这五十五人，可以发挥出北宇治的全部实力。

"今天无论是被叫到名字的人，还是没被叫到名字的人，都是北宇治高中吹奏乐部的一分子。大家努力提高自身水平，勤奋练习，走到了今天这一步，我为你们感到骄傲。对高三部员来说，这次是最后的比赛了。请大家拿出全力，演奏出属于我们的最棒的音乐吧！"

"是！"

部员们的回答声铿锵有力。我们一定能行——久美子如此坚信着。

音乐教室的墙壁上挂着去年关西大赛时拍的集体合影。前辈们把全国大赛金奖这个梦想传承了下去，接下来，该轮到我们出场了。久美子剧烈鼓动的心跳不仅仅是因为紧张，还有着对正式比赛的期待。

*

【北宇治高中干事笔记】

十月　第三周的星期一　　　　　　　　　　记录人：高坂丽奈

　　不知不觉，距离正式比赛只剩下一周了。时间紧迫，希望大家不要松懈。不过，事到如今应该也不会有人轻敌大意，所以我就先暂停"泷老师巡逻"任务吧。对了，后面的黑板已经擦干净了，到时候通知大家一下，天数倒计时就写在那块黑板上吧，前面的黑板是上课要用的。

　　评论：

　　"泷老师巡逻"任务是指监督有没有人说泷老师的坏话吗？（黄前）

　　今年也到了要倒计时的时候了呀！我们在这个日记本上也倒计时吧！（冢本）

　　回久美子：对，是那么回事。（高坂）

　　高坂，你居然还做了那种事……不愧是过激派。（冢本）

　　冢本，等会儿到体育馆后面来一下。（高坂）

　　秀一，你干吗要说多余的话……（黄前）

*

倒计时五天。

学校占用第三节课的时间召开了学年集会。集会平时一般在体育馆或会议室召开，今天却移到了校园中庭。学生们按班级列队，相互发着牢骚，但美知惠一现身，人群立刻安静了下来。她的严厉，全校学生都有目共睹。

"学校决定在中庭种一棵樱花树，作为今年的毕业纪念。就是现在大家面前的这一棵。"

如美知惠所言，中庭的一角种了一棵染井吉野樱花的树苗。前几日，有辆挖掘机开进学校，大概就是为了种这棵树吧。树苗靠在支架上，还很纤细，仿佛被大风一吹就会折断。

"树苗现在还很柔弱，但等你们成长起来，踏入社会时，它定能开出一片繁花。你们每个人都有决定自己未来的权力，十年后，二十年后，时光荏苒，愿你们的未来都能如这棵樱花树般绚丽绽放。"

听了美知惠的话，久美子禁不住鼓起掌来。被她带动，周围的学生们也开始鼓掌。十年后，美知惠还在这所学校吗？久美子呆呆地想着，心脏骤然一紧。

教导主任用可喜可贺的话结束了集会，剩下的时间是自由活动。同一年级的学生聚集在一起，三五成群地聊着闲话。

"樱花树的花语是什么？"叶月无聊，问绿辉道。

"好像是精神之美。"绿辉立马回答。

"哇！好帅啊！"

"樱花的种类不同，花语也不同呢。比如染井吉野樱啊，八重樱啊。"

"你们在说什么？"插话的是丽奈，她本该在升学班的队列。

"她们在说樱花的花语。"久美子回答。

"啊，真巧，你们四个都在。"

听到"咔嚓"的快门声，四个人当场定住。真由脖子上挂着相机，正透过取景框看向这边。

"你在干什么呢？"

"在拍照呀，小燕说得拍些照片在毕业送别会上用。"

"你还真喜欢拍照呢。"叶月呆呆地抚着脖子说。

"因为拍照很开心啊！"真由得意扬扬地再次举起相机，"好啦！四个人再靠近一点，我再拍一张。"

"是——"

久美子、叶月、绿辉、丽奈四人把脸凑近。真由按下快门，心满意足地点了点头。

"四个人都特别可爱哦，我加印出来给你们！"

"加印"是什么意思？就在久美子歪头思考的时候，真由已经去寻找下一个模特了。丽奈轻声一笑。

"等照片洗出来，我挂在房间里好了。"

"好呀。这么难得，我也要好好保存。"

等真由洗好照片拿来，去买个匹配的相框吧。就像泷把学生时代的照片摆在桌子上一样，久美子也想把珍贵的回忆放在目光所及的地方。

"啊，小燕正在拍真由呢！"

叶月指着中庭喊了起来，似乎觉得很有趣。

"也该帮她们拍个合照呢。"久美子说着，向两人的方向走去。

倒计时四天。

铜钹发出铿锵有力的撞击声，小鼓的节奏渐渐加快，长号齐鸣，震动着室内的空气。

"停。"

泷的手在空中握成拳头。放学后可以尽情练习合奏的活动时间实在太短了，大家要先把音乐教室里的椅子摆成合奏阵型，接着进行试音，然后才能开始练习。尽管如此费时费力，部员们也要练习合奏，因为剩下的时间已经不多了，每个人都觉得哪怕能再把水平提高一点点也好。经过泷细致的指导，北宇治的音乐仿佛被施了魔法。

"长号，注意重音的位置，单独再来一遍。"

"是！"

金色滑管与地面平行，缓缓滑动，细长的管身传出嘹亮的音色。那是属于北宇治的声音。

倒计时三天。

久美子在走廊上度过了个人练习的时间。曲谱架上摆着她从明日香那里拿到的乐谱，每当久美子想平静下来的时候，她都会吹这首曲子。它的旋律温暖而柔和，仿佛为上低音号而生。

久美子将吸入肺部的空气毫不吝啬地吹进吹嘴。空气通过管身，化为美妙的音乐从号口流淌而出。

一曲终，她听到了鼓掌声。循声望去，只见真由正站在自己身后。

"这首曲子真的很棒。"

"谢谢。"

久美子摸了摸脸颊。现在她能够坦率地接受真由的称赞了。真由看了看曲谱架上的笔记本，惊讶地喊出声："居然是手写的！"

"这是已经毕业的学姐教我的，这首曲子是她父亲写的。"

"我很喜欢这曲子，感觉很温柔。"

真由把手放到嘴边，轻轻地笑了起来。她背后传来一阵脚步声，声音越来越近。

"是吗？我可比黑江学姐更早听到这首曲子哦。"

奏从真由背后探出头来。她又是尾随真由来的吗？奏无视久美子意味深长的目光，指着笔记本说：

"这首曲子真好，《吹响吧！上低音号》。"

"欸？你怎么会知道这曲子的名字？"

"因为有一次久美子学姐忘记合上笔记本就睡着了呀。"

"不会吧？！"

久美子慌了手脚，奏愉快地笑了。

"久美子学姐难道是想保密吗？要真是这样，那我不小心泄露了学姐的秘密呢。"

"我也没打算保密……算了，小奏、真由，要不要一起吹？"

久美子拿起翻开的笔记本，举到面前。

"等一下，我去把乐谱笔记本拿过来。"

奏说着，准备返回音乐教室。真由拦住了她。

"这首曲子，就作为北宇治上低音号声部的主题曲吧？"

"如果久美子学姐同意，我当然双手赞成。"

久美子在两人的注视下，翻开有些泛黄的乐谱。让曲子一年年传承下去，一定也是明日香的愿望。

"好好吹哦，这可是一首很珍贵的曲子。"

"那是自然。"

奏用力点了点头。久美子想象着将来自己不认识的后辈吹起这首曲子的场景。那从三年级三班传来的柔和旋律，一定相当动听。

倒计时两天。

"现在能来我家吗？"

丽奈问出这句话的时候，久美子正站在车站的人行横道前准备和她道别。练习结束后，天已经完全黑了。

　　明天是周末，上午就要前往名古屋市的旅店，再加上要搬运乐器，集合时间比平时早了一个小时。久美子正想着要好好休息一下，就听见丽奈如此提议，她有些不知所措。

　　"你说的现在是指马上就去？"

　　"嗯，对。"

　　"倒是也可以，但你准备做什么？"

　　丽奈用手指向夜色包裹下的山麓，露出无畏的笑容。

　　"我们去爬大吉山吧！"

　　久美子目不转睛地盯着丽奈，然后爆发出一阵笑声。

　　"你是不是蠢呀？"

　　"但就算是这么蠢的事，久美子也会陪我的，对吧？"

　　看到丽奈自信满满的样子，久美子就是想拒绝也开不了口。

　　"真拿你没办法。"

　　久美子轻轻拍了拍丽奈的肩，然后先她一步走到人行横道上。

　　"你说爬山，但我怎么也没想到居然还要背着乐器爬……"

　　久美子气喘吁吁地在观景台上放下乐器盒。她背着将近十千克重的乐器沿着登山道爬上了山，呼吸久久平复不下来。丽奈坐到观景台的椅子上，似乎感到有些好笑。

　　"我还特意先问了要不要来我家，一般那个时候就该想到了吧？"

"才不一般呢，只有丽奈才会这么想吧。"

"是吗？"

丽奈歪了歪头。不一般——她好像很喜欢这个词。

久美子打开乐器盒，金色的上低音号静静地躺在盒子里。这是丽奈的父亲的乐器。

"真的可以吗？把这个借来。"

"可以啊，乐器就是用来吹的。"

盒子里面覆着一层短短的绒毛，久美子从盒子里取出乐器，插上自己的吹嘴，用力吹了一口气。"噗"的一声，号口传来空气的震动声。按压活塞的手感很顺滑，可以推测乐器平时被保养得很好。

丽奈站起来，率先吹起音阶当作热身运动。栅栏的另一侧是广阔的夜景，漆黑的夜色如黑洞般把一个个闪亮跳跃的音符吸了进去。

夜幕笼罩之下，群星散落在地面上。宇治街上的灯光增添了城市的烟火气。

"除了我们，没人会在大赛前做这么蠢的事了吧？"

丽奈拿开吹嘴，回过头。"是啊。"久美子笑着点头。究竟是为什么呢？明明是这么蠢的举动，现在却出乎意料地想哭。视线开始模糊，久美子用力闭上眼睛。

"吹什么曲子？"

"当然是自选曲目的第三乐章，副题，《秋，宿命之时》。这个不是很适合我们现在吹吗？"

"太宏伟了吧？"

"正合适。"

丽奈拿着小号坐到久美子身边，蓝色裙摆下露出修长的双腿。

"久美子。"丽奈轻轻唤着。"怎么了？"久美子反问，丽奈却犹犹豫豫地缄口不言，她纤细的手指用力按着活塞，好似想按捺住内心的不安一般。

"我要去美国的音乐大学了。"

"……好厉害。"

为了掩饰动摇，久美子努力扯出一个得体的笑容。丽奈似乎松了口气，把手指从活塞上移开。

"我父亲有个朋友在那里任教，我想拜他为师。"

"你以前就说过想去国外的大学吧。"

美国好远，不过那是丽奈很早就决定了的事。丽奈会去远方，久美子很久之前就隐隐有这种预感。

"我想学习音乐，学习好多好多东西，成为不逊色于父亲的演奏者。然后在我成为能独当一面的大人后，我要向泷老师告白。"

"你真的很喜欢泷老师呢。"

"那是当然。啊，先说明一下，不是like，是love。"

"是是是。"

这句台词以前也听过，久美子左耳进右耳出。"真是的。"丽奈闹别扭一般用手肘顶了顶久美子的手臂，几分落寞悄然爬上她淡然从容的侧颜。丽奈把落在肩上的黑发拂到身后，坚定地说道：

"所以我想好好珍惜现在这样和你在一起的时光。"

"丽奈……"

"好了！吹吧！"

对话简短，但两人一定能心意相通。久美子拿起放在膝上的上低音号，只有两个人存在的空间里缓缓流淌出《一年四季之诗》的旋律，优美动听，却有几分寂寥。

和丽奈一起合奏很开心，和丽奈在一起的时光很幸福。

从今往后，恐怕再也不会有现在这样的机会了吧。丽奈和久美子一样，都会交到新的朋友，会开始新的生活。不过即便如此，任何人也无法夺走此刻属于她们的时光。久美子将其小心翼翼地珍藏进了记忆的宝箱中。

突然，上低音号的吹奏声戛然而止。等久美子意识到的时候，她已止不住呜咽。"现在哭还早呢。"丽奈微微一笑。如此说道的她，眼中好似也噙着泪水。

倒计时一天。

从京都坐大巴到名古屋，在租赁的大厅里彩排了许多次后，北宇治终于结束了最后一天的练习。和去年不同，今年桥本和新山一直陪着大家。桥本晚餐还吃了三碗咖喱，泷坐在他旁边无奈地吐槽着。在这两个人面前，有时可以看到泷不像老师的那一面。对泷来说，也需要可以完全卸下防备的那一刻吧。

"好紧张啊！"叶月用勺子舀起咖喱说。她身边的绿辉单纯地喊道："小绿我最喜欢咖喱了！"

"我前年只在观众席看了比赛，一想到能和大家一起参加全国大赛就好激动。"

"能和叶月一起，我也很高兴哦。"

"小绿也是！明天要好好向观众展示一下我们的实力！"

绿辉举起水杯。叶月把整个身子都靠在椅背上。

"哎……虽然我入选了A组，但还远远达不到小绿的境界啊。"

"我也一样。"

大家苦笑。绿辉拿着水杯催促众人。

"快来呀，一起干杯！"

"欸？到这个流程了吗？"

"这种时候开心、享受才是最重要的啦。让我们一起祝明天北宇治成功，干杯！"

听到绿辉的喊声，周围的部员们也都举起了杯子。见每个人的脸上都洋溢着开朗的笑容，久美子彻底安下心来。在座的所有人都打心底里喜欢上了北宇治吧。若是这样，作为部长真的很开心。久美子心想，绽放出灿烂的笑容。

*

【北宇治高中干事笔记】

十月　第四周的星期六　　　　　　　　记录人：黄前久美子

　　现在我正坐在大巴上写下这些文字，因为车一直在晃，所以字迹歪歪扭扭的，真是不好意思。到了比赛前一天，我反而不知道该写些什么了。这本干事笔记是从春天开始记录的，现在回想起来，能以这种方式传达自己的心情真好。今年一年发生了很多事，明天终于是正式比赛了，希望我们不会留下遗憾。

　　评论：

　　距离正式比赛只剩一天！祈祷明天一切顺利！（冢本）

　　用"祈祷"这种听天由命的词可不行。要用我们自己的努力，把明天变成最好的一天。（高坂）

*

这是久美子第二次踏入名古屋音乐大厅。第一次是两年前的全国大赛，那次她完全被强校的气场压制住了。

"今年北宇治在后半场的第三个出场，清良女子前一个。"

丽奈站在久美子身边，卷起校服袖子。她上臂绑着一只红色的蝴蝶结，那是演出者的标志。久美子把头发捋起，用皮筋扎成一束马尾。

"这么说来，清良是第四个出场吧？龙圣也在后半场？"

"嗯，龙圣是第十四个出场。"

"压轴啊。"

"清良今年的曲子是什么？"

"不知道。"

"是《岛之幻灭幻想曲》，听说和龙圣的指定曲目撞了。"

"哇，还好北宇治选了《一年四季之诗》。"

虽说选曲相同对评分并无影响，但最好还是避免与其他学校演奏同样的曲目。裁判也是普通人，听到相同的曲子后难免会去比较。

"那不是泷老师吗？"

"真帅啊——"

"总算能理解老妈为什么变成他的迷妹了。"

其他学校的部员们擦肩而过，议论纷纷，这些声音马上传到了丽奈的耳朵里，但和以往不同的是她却没有表现出不高兴的样子。

"他们这么说没事吗？"久美子问。丽奈不知为何露出了微笑。

"最近我终于意识到，因为泷老师的魅力太大了，所以那么多人喜欢他也是没有办法的事。"

"哦，这样啊。"

"你的反应也太敷衍了吧！"

"没有没有。"

久美子慌忙摇头，丽奈哼了一声。其他学校的部员们来来往往，每次有人从身边走过，北宇治的部员都会礼貌地打招呼。这是演奏比赛上司空见惯的光景。

"部长，乐器都搬好了。"

打击乐部的队长顺菜"嗒嗒嗒"地跑到久美子身边。好像也没工夫多问了，久美子向站在走廊角落里的部员们喊道：

"现在开始移动！马上就是正式比赛了，大家搬运乐器的时候千万要小心。"

"是！"

"还有，离开指定场所时一定要告诉其他部员。可能有人会走散，请大家不要擅自行动。"

每个团队都有指定区域用来放置乐器盒等不易搬运的物品。打击乐部部员从卡车上卸下乐器后，与其他人分头行动。久美子一边留心着大家的行动路线，一边快速下达指令。

部员们移动指定地点后，开始从乐器盒中取乐器。其间，B组部员帮忙搬来了其他所需物品，比如大号的支架、润滑油、调音器之类的。

"久美子，今天一起加油呀。"

真由站在久美子身边举起银色的上低音号，她的乐器表面用抛光剂擦过，像镜子一样锃光瓦亮，没有一丝瑕疵。今天她把平时披在肩头的长发扎成了一束高马尾。

"真由，昨天睡得好吗？"

"嗯，睡得很香。对了，我在旅店附近还遇到了之前清良的朋友。"

"是吗？"

旅店挨着一片公共区域，遇到他校学生的概率确实很高。

"好怀念啊。虽然我很想听清良的演奏，不过她们恰好在北宇治的后一个，应该听不到了吧。"真由腼腆地笑了。

"你的朋友说什么了吗？"

"嗯？就是很普通的加油啊什么的，我还拍了很多照片，等下要看看吗？"真由开心地问道。

久美子不禁苦笑，心想：明明马上就要比赛了，真由可真是淡定。她对比赛"无所谓"的态度意外地起到了正向作用。

"啊，找到了找到了！久美子学姐，真由学姐！"

佳穗一边挥手一边向她们跑来，奏一脸淡定地跟在她身后。奏穿着冬天的校服，和久美子她们不同，手臂上没有绑着红色的蝴蝶结。

"怎么了？你们两个这么着急。"

"针谷同学好像有东西要交给你们。"

"我们？"

奏嘴角上扬，看着歪着头感到疑惑的久美子。

"她说是充满爱意的东西哦。"

"不……不是那么了不起的东西。"

听到奏夸张的语气，佳穗赶忙否定。佳穗似乎已经成为奏的"新玩具"了，无论和奏说多少遍作弄后辈要适可而止的话都没有用。

"给。"

佳穗拿出一张扑克牌大小的相片，递给久美子。相片中，佳穗张开手臂，久美子站在她身后比着胜利的手势，左边的真由笑得有些拘束，反倒是右边的奏很自然地抛了个媚眼。看到这张相片，立刻就能看出谁平时经常自拍。

"好厉害，还写了留言呢。"

听真由这么说，久美子把照片翻了过来。

部长加油！虽然没办法在舞台上听你演奏，但我非常非常期待正式比赛！

这是佳穗的字迹。

我不在你身边，没关系吗？

这是奏的字迹，留言下面还画了狸猫、猫、水母和羊驼的插画。

久美子禁不住笑出声来，奏得意扬扬地挺起胸脯。

"请放到口袋里，当作护身符。"

"我会的，谢谢你们。"

"我也很开心哦。"

久美子和真由把相片收进胸前的口袋。此时，她们身后的大号声部好像在举行什么奇怪的仪式，只见叶月、纱月和雀正拿着粉色的护身符，美玲无奈地望着她们。

"这个护身符是在Sary家的寺庙买的，是'心想事成'的护身符哦。"

弥生激动地说，然而只有美玲在认真听，另外三个人七嘴八舌地聊着。

"有了这个护身符，只要在名古屋，心情肯定能平静下来！[1]"

"啊，又来了！雀的冷笑话系列。"

"我也想到一个。护身之符，今日得之，幸事发生。"

"你那是俳句吧？"

"哇，我在小纱学姐身上感受到了才华的小火苗。"

1　原文为"こんなものをもらったらついつい和（なご）んじゃいますなあ、名古屋（なごや）だけに！"其中"和"与名古屋的"名古"日语发音相同，雀在此处使用了一个谐音梗。——译者注

"哪里哪里。"

三人吵吵闹闹中，美玲说道："差不多该开始准备了。"弥生用手抓着头巾，露齿一笑。

"小美学姐也说个俳句什么的吧。"

"欸？"

"好呀！我也想听听小美的俳句。"

话题突然转到自己身上，美玲有些不知所措，过了一会儿终于憋出来一句。

"……乐器，怀中所抱，梦之色。"

"厉害啊！"叶月惊叹。

"不错！"弥生也点头。

"太棒啦！"雀笑了。

"不愧是小美！"纱月使劲鼓掌。

大号声部一如既往的关系融洽。久美子移开目光，低音提琴声部的两个人正在取乐器。和大号声部完全不同，求和绿辉小声地说着话。

"求，有精神了吗？"

"还是有点……一想到这是和学姐的最后一场比赛，我就很难过。"

"没什么好难过的，我希望求能好好享受今天！"

绿辉轻轻拍着求的背。和入学时相比，求长高了，他正在从少年向青年蜕变，有种即将破茧而出的美感。

"我……"

求欲言又止。绿辉垂下眉梢，一边笑一边露出无奈的表情。

"无论是对你，还是对我，今天都是一个很特别的日子。这么丧着脸一副要哭的样子，不觉得太可惜了吗？"

"……对不起。"

"不用道歉，笑一笑吧。"

绿辉伸出手，轻轻捏起求的脸颊。求愣在原地，惊讶不已。

"长得这么帅气，不爱笑真是浪费了呀。"

"帅气？我吗？"

"是呀。有你这样的学弟，我感觉自己真的很幸运。"

"谢……谢谢……"

求用手背贴着脸掩饰羞涩，绷紧的嘴角也缓缓放松了下来，想必绿辉应该注意到了他的变化。

"久美子学姐，不要一直盯着别人看啦。"

"哇啊！"

耳畔传来夹杂着热气的吐息，久美子吓了一跳，回过神来发现奏正站在身边。奏的齐颈短发服帖地挨着脸颊，发梢微微向内弯曲。她拉住久美子的手，乌黑靓丽的黑发轻轻摇摆。

"请一定要让我见识一下发挥出百分之百实力的北宇治！"

手心滚烫，一股强烈的力量传到久美子心底。这就是奏的心意吧。久美子把马尾重新绑紧，用力地点了点头。

"交给我吧！"

正式比赛前的流程与关西大赛时有所不同，会场备有专门用来试音的场所，各所学校可以轮流使用。在前往大厅之前，乐队可以在彩排室进行最后的准备。

"从开头再来一遍。"

大家反复练习指定曲目和自选曲目的开头部分，这是正式比赛前的惯例。所有队员的发音同步一致，现在的北宇治可以重现无数次这样的场景。

"大家没有必要刻意挺直腰板，吹得比平时更用力。经过日积月累，大家的声音已经凝聚在了一起，与其把注意力集中在听众身上，不如先考虑一下怎样让自己更加享受演奏。大家就好好体验一下全国大赛的舞台吧，不要给自己留下遗憾。"

泷身穿白色西装，向部员们展开手臂。古典样式的西装勾勒出他修长的身形，从袖口处可以窥见他纤细的手腕。

"这一刻，全国大赛的舞台是为北宇治而准备的，大家就是'今天'这个故事的主角。请相信自己已为现在这一刻做好了万全的准备！"

"是！"

久美子用力踩在地板上，做了一次深呼吸。彩排室的门一开，大家就要登上舞台了。距离去年关西大赛结束已过去了一年，久美子她们为今天努力至此。

"部长，最后再对大家说几句吧。"

泷用手示意久美子。久美子环顾着部员们的面庞，向前踏出一步。

"首先，今天能站在这个地方，我感到非常骄傲。去年关西大赛结束的时候，大家都发誓说明年一定要赢。接着我们参加了小合赛，还有很多场演奏会……到了春天，又有许多高一新生加入吹奏乐部。这许许多多的事，一切的一切，都和今天紧密相连。"

久美子下意识地把手伸向口袋。即便隔着布料，她也能感受到照片的质感。

"不仅仅是在场的各位，北宇治高中吹奏乐部是由一百零三名部员组成的。我喜欢北宇治，喜欢泷老师，喜欢大家，我们已经做了让自己无悔的努力，接下来就是去享受比赛了。为了不留下遗憾，请大家拼尽全力吧！"

"是！"

部员们排列整齐，每个人的脸上都挂着微笑。久美子吞下一口口水，向半空中举起拳头。

"那么请大家一起跟我喊！北宇治，加油——！"

"加油！"

口号声回荡在狭小的室内。大声呐喊后心情霎时舒畅了起来，不安、紧张，所有消极情绪都烟消云散了。

"那我们上场吧。"

工作人员打开了门，部员们一个个消失在漆黑的走道里。

"久美子。"

有人叫住久美子，她一回头，脑门就被丽奈用手指轻轻弹了一下。

"这是为你刚才那句'我喜欢泷老师'。"

丽奈开玩笑地说，随后先久美子一步踏过彩排室的大门。久美子按捺住笑声，也跟着走了出去。心跳加快，脚步轻盈。聚光灯下，是期待已久的舞台。

"接下来上场的是第三号，关西地区代表校，京都府立北宇治高中吹奏乐部。该校演奏的指定曲目为第四首指定曲目，自选曲目为户川秀明作曲的《一年四季之诗，为吹奏乐而作》。指挥，泷升。"

在久美子听来，司仪的介绍声都是如此的优美动听。她眼前是一片耀眼的白色光芒，整个世界仿佛都在熠熠生辉。而此刻她抱在手中的金色上低音号比任何事物都更加美丽迷人，反射在喇叭边缘的光随着角度变幻着颜色，好似包裹着绚烂的烟火。

泷登上指挥台，向部员们微微一笑。台下响起的掌声让北宇治的舞台更显绚丽。要开始了。久美子感觉自己好似成了一个旁观者，冷静的自己正站在台下观察着舞台上的自己。指腹按下活塞，管身传来的震动告诉她这并非梦境。

纯白色的指挥棒向上划起，演奏开始了。

旋律轻快，音色干净清爽，如同小猫轻盈地踩着舞步。圆号完美地融入长号的低鸣，单簧管优雅的旋律与低音鼓激烈的咆哮相得益彰。一个又一个音符跳动到久美子耳边，眼睛看得见，耳朵听得清，肌肤感受得到。音乐形成了浊流的漩涡，慢慢占据了整个大厅。好欢乐啊！在指尖下跳动的活塞如是呐喊。这一刻，所有一切都是那么美好。久美子深吸一口气，再吐出来。指定曲目迎来了终盘。时间过得好快，十二分钟的演奏仿佛一瞬便会结束。

接下来是自选曲目。真由坐在久美子左边，银色的上低音号反射着光辉。她面向久美子微微一笑，兴奋得脸颊绯红。真由一定也很享受和大家一起演奏的时光。

《一年四季之诗，为吹奏乐而作》这首曲子由单簧管独奏开始。在一片寂静中，春天的喜悦如流水般哗啦哗啦地淌过。小鼓的鼓点干净清晰，让人感受到生命的气息。

春天，樱花纷纷扬扬飘落的那一天，久美子穿过了北宇治的大门。开学典礼上吹奏乐部演奏了一曲校歌，水平着实难以恭维，以至于久美子犹豫要不要入部。最后在周围人的带动下，她还是随波逐流地选择了加入。

华丽的管钟响起。春天无论何时都寓意着开始。明日香手中的银色上低音号像聚集了满天星辰一样闪耀着光芒。铁琴声如一阵春风，从浑厚的旋律中穿过。高亢的小号齐奏整齐划一，极其富有穿透力。尽管丽奈那时只是一名高一新生，在前辈面前吹起小号却从不胆怯，久美子以为她有种凛然之美。

旋律描绘出四季，轻易地唤醒了久美子的记忆。她脑海中像在播放幻灯片一样，过去的记忆翻涌而来。

夏天到了，旋律愈发激烈。强烈的日光撕裂了霙和希美的纽带，一只飞鸟消失在万里无云的晴空中。琴槌在马林巴琴上跳跃，柔和的音色带着悠长的余韵，随后被吞没在恢宏的音乐浪潮中，宏伟壮大的旋律甚至带着些许傲慢。她一定坚信着奇迹般的永恒。然而，夏天会结束。如同线香烟花燃尽的那一瞬，音符刹那间爆发出排山倒海之势，空前膨胀，然后归于寂静。

绿辉用满是伤痕的指尖拨拉着琴弦，演绎出秋的空寂。秋天到了，久美子意识到了自己的弱点，木管的低语动摇着她的心。

泷看向她。久美子把吹嘴贴到唇边，铆足力气吹响了第一个音。上低音号独奏的部分已经练习了无数遍，顺畅的连音，无须用舌头去阻隔气流。对久美子吹出的音符，丽奈回应以华丽的伴奏。上低音号声温和圆润，小号声华丽而富有力量。

能遇见丽奈，真的太幸运了。经历过争吵、冲突，两人依旧站在一起。即便这一刻终将结束，却在久美子的心中变成了永恒。

久美子腹部发力，更加用力地吹奏出旋律，将寂寞、回忆，全部融入音乐中去。

随后，冬天降临，不可知的未来袭向久美子。长号滑奏如同暴风雪肆虐大地，低音鼓沉闷的鼓点震动着大厅的空气。突然，曲子的主题摇身一变，音符之雨在白茫茫的雪原上点缀上了色彩，在银装素裹的世界里浇灌出希望。

　　旋律越来越快，好似要把一切都卷入其中，声势膨胀，最后终于到达渐强音的最强音，地动山摇的大号声支撑起了所有声音。汗水从泷的额头上滑落。随着逐渐上扬的指挥棒，久美子也用尽了全力。

*

　　所有演奏都结束后才会公布后半场的结果。久美子和秀一将作为代表上台，此刻他们正站在舞台一侧的指定位置上。久美子用手抚着胸脯，深深地吸了一口气。

　　方才演奏结束后，观众为北宇治献上了震耳欲聋的掌声，那阵阵欢呼直到现在依旧撼动着久美子的鼓膜，让她激动的心情久久不能平静。

　　"紧张吗？"

　　秀一站在久美子身边，盯着她的脸。幕布后，主持人正在公布最佳指挥奖的得主，然而久美子却没有听的心思，她整理了一下胸前的白色蝴蝶领结，摇摇头。

　　"与其说是紧张，不如说是没有实感。演奏一眨眼就结束了。"

　　"不是都说'快乐的时光总是短暂的'嘛。"

　　"和这个有关系吗？"

　　"你正式比赛的时候不快乐吗？"

　　"当然很快乐。"

"所以就正好应验了这句话嘛。"

秀一笑着打趣道，露在袖口外的手却在微微颤抖。久美子伸手轻轻握住秀一的手背，秀一惊得肩膀一抖。冰凉的触感让久美子吃了一惊。

"秀一，你现在很紧张吧？"

"嗯……"

靠在一起的两只手渐渐紧握，两个人默契地保持着沉默，指尖开始有了温度。

"接下来公布本次大赛的获奖名单。"

伴随着舞台上主持人的声音，工作人员开始催促代表们上台。登上舞台的瞬间，久美子和秀一紧握的手迅速分开了。久美子他们身边站着清良女子的代表。久美子想象着真由穿上那身校服的场景，感觉十分不可思议。

主持人的吸气声透过话筒传来。

"一号，东京代表，东京都立片敷高中吹奏乐部，铜奖。"

昏暗的观众席上传来叹气声。北宇治是三号，马上就到了。有人双手合十在祈祷，有人死死地盯着舞台，部员们在观众席上等待结果的身影刺激着久美子的记忆。两年以来，所有人都为了这一个目标而努力。诉说自己心有不甘的明日香，强忍着泪水鼓舞部员的优子，来加油的卓也和梨子，托付梦想的夏纪……背负着这么多人的信念，久美子站在了这里。

"二号，东关东代表，成合市立成合高中吹奏乐部，银奖。"

咚、咚……心脏的跳动声无比清晰地回荡在耳畔。站在久美子身边的成合代表用手擦拭着眼角，但在这敞亮的舞台上，他们依然昂首挺胸。

久美子握紧拳头，盯着观众席。丽奈就在那里，还有绿辉、叶月，以及大家。所以，没关系的，自己并非独自一人。

"三号，关西代表。"

无法抑制住紧张的吐息消失在白色光芒中，一片寂静的大厅里响起凛然之声。

"京都府立北宇治高中吹奏乐部，GOLD金奖！"

*

金奖——久美子刚才接过的奖状上确确实实地写着这两个字。金奖，金奖。这两个字无论看多少遍都看不够。久美子出神地用指尖摩挲着奖状，丽奈一脸无奈。

"你还要偷着乐多久呀！差不多该上大巴了哦。"

"我能偷着乐一辈子呢，这可是金奖啊！"

久美子一下子把奖状抱在怀里，丽奈露出一副受不了的表情，耸了耸肩。丽奈已经恢复了冷静，明明刚才她还毫不顾及形象地在人群里号啕大哭。旁边一样哭得很厉害的美知惠还递给她纸巾，让她擦了好几次鼻涕。

"我去和泷老师确认一下大巴的发车时间。"

"好。"

明明是想和泷老师说句话吧。久美子心想，不过她并不打算在这种时候戏弄丽奈。拿到了最好的结果，所有部员都很骄傲。求猛地抱住绿辉，叶月和燕一起向来看演奏的前辈们报告结果。佳穗、弥生、雀、纱月四个人闹得欢腾，美玲此刻却没有数落她们。

最意外的要数奏了，她好像无言地与真由握了握手。根据梨梨花的情报，可能有一部分原因是奏认可了真由。

在结果公布后的集会上，部员们的情绪高涨到了极点。泷说话时感触至深，甚至开始落泪。丽奈兴奋的样子就更不用说了。部员们用哭红的眼睛温柔地凝视着顾问第一次落泪，真是幅不可思议的景象。

"收拾完了的人都快点上车！"

秀一催促周围的部员们。大部分人都已经坐上了大巴，剩下的只有干事。秀一的脖子上搭着一条运动毛巾，发表结果后他喜极而泣，那是其他男生硬塞给他的。把毛巾规规矩矩地一直挂着，还真像秀一的作风。

"秀一。"

听到有人喊自己的名字，秀一回头张望。"怎么了？"他带笑的声音动摇着久美子的心。比赛结束后，大家都在笑。这种场景让她感到无以言表的喜悦。

久美子拿着奖状，踮起脚，抓住秀一挂在脖子上的毛巾的一头，用力拉向自己。秀一瞪圆眼睛，半张着嘴刚准备说些什么，却被久美子抢了先。

　　"我喜欢秀一。"

　　秀一低头看着久美子，瞳孔剧烈摇晃，喉结上下动了动，看得出此刻他内心波涛汹涌。久美子放开毛巾，抬头直视着他的眼睛。

　　"秀一呢？"

　　"你……你真是爱随着性子来啊！"

　　秀一慌慌张张地把手伸到校服口袋里摸索着，最后从内侧口袋里拿出一个东西，正是他一年前亲手交给久美子的意大利白向日葵发卡。

　　"给，这是你的东西。"

　　白色的花瓣在宽大的手掌上闪着光。秀一把头转向一旁，脸已经红到了耳根，一眼就能看出来是害羞了。久美子拿过发卡，别在自己的刘海上。

　　"所以，秀一呢？"

　　"啊？"

　　"我还没听到你的回答呢。"

　　久美子侧过头，给秀一展示发卡上的小花，然后意味深长地勾起嘴角。秀一揉了揉头发，自暴自弃地喊道：

　　"要是不喜欢的话，怎么会贴身带着这个啊！"

　　"嗯哼——"

"别偷笑！"

秀一轻轻踢了一下久美子的腿以掩饰羞涩。

"那边的一对儿！快点上车！"

听到声音后二人抬起头，只见近夫正在大巴的车门边怪叫。聚在车窗边的部员们都指着他们偷笑，最边上的叶月和绿辉高兴地竖起了大拇指。

"我说你啊！"

秀一满脸通红，"咚咚咚"地上了车。久美子的脸大概也红了吧。她望着男生们闹成一团，这时从背后伸来一只手搭在了她的肩上。

"看来是Happy End呢。"

久美子看向身边。是丽奈，只见她一副看透一切的样子。久美子用袖口擦了擦发热的脸颊，挥舞着手里的奖状。

"现在的心情是不是特别棒？"

"嗯！"

丽奈扬起嘴角。兴奋集聚在胸口，让久美子的幸福感愈发浓烈，她激动地牵起挚友的手。

"好啦，我们也走吧！"

两个人摇着紧握的手，向同伴们的身边跑去。

对久美子来说，丽奈是特别的。大概，从今往后一直都是。

SOUND!
EUPHONIUM

◆ 番外

风吹散了樱花花瓣，带着春日里阳光的气息。我抬头望向种在中庭的樱花树。这棵树刚种下时，感觉似乎与周围有些不搭，但随着时光的流逝，现在俨然已成了北宇治的一部分。用手触摸树干，凉凉的触感意外地让人心旷神怡。土壤干燥的气息，棒球部清脆的击球声。飞到空中的白色小球有一瞬与太阳重叠，然后落回到地面。

突然，一个小号声划破万里晴空。顺着声音的方向寻去，看见高二部员正吹着小号，喇叭就露在三楼的窗户外。今天是高一新生正式入部的日子，没有分配到任务的部员们应该很悠闲吧。我不禁苦笑，但马上用手捂住了嘴。部员们随意吹响的音乐甚至还称不上是曲子，我却很喜欢。不过年级主任应该会很烦吧，等下要提醒部员们在室外吹奏要适可而止。

我望着身边摆在出入口的鞋柜，走上台阶。和学生时代相比，我的体力已大不如前。那时还能搬着乐器上下楼梯，如今想必是有些困难了。

"啊，老师好！"

终于走到音乐教室前的走廊，刚才吹小号的部员马上向我打招呼。金色的小号在她怀中闪着光，引发我无尽的怀念。

"新部员情况如何？"

"今年可是'大丰收'啊，多亏了老师！"

"又说得这么夸张。"

我耸耸肩，部员朝我吐舌头做个鬼脸。她抱着乐器，指向音乐教室的大门。

"高一新生好像已经到齐了。"

"谢谢。"

我道谢，她有些害羞地挠了挠头。

站在音乐教室门前，我停下了脚步。新的一年即将拉开帷幕，每年的这个时刻我都紧张不已。

"老师，您来得正好。"

一打开门就传来部长的声音。部员们已经列好队了，副部长正把名字记到名单上。声部的分配好像已经结束。

"今年来了多少人？"

"三十人。"

"果然是'大丰收'啊。"

"今年的比赛值得期待呢。"

我打开怀中的文件夹，翻到部员名单的那一页。总是贴身带着的社团指导用文件夹里塞了很多东西，部员名单、新曲的总谱、卡车的安排指南，还有手写乐谱的笔记本。透明文件夹的一端还别着一枚意大利白向日葵发夹。

"通知已经说完了，下面请老师补充。"

"部长真可靠啊。"

部长说话干净利落，让我不禁有些感慨。自己在高中的时候也是这样吗？回想起那段时光，我马上否认了自己的想法。

排成长排的高一新生蠢蠢欲动，崭新的校服很是耀眼。我看着他们眼中闪烁的光，轻轻地笑了。

"我是北宇治高中吹奏乐部的副顾问，黄前久美子。"

我手掌向前，深吸一口气，学着顾问曾经的姿势张开手臂。

"各位，欢迎来到北宇治高中吹奏乐部！"

本故事纯属虚构，与现实中的人物、团体一概无关。

北京市版权局著作合同登记号：图字 01-2023-4708

HIBIKE! EUPHONIUM

KITAUJI KOUKOU SUISOUGAKUBU KETSUINO SAISHU GAKUSHO KOUHEN

by

Copyright © TAKEDA AYANO

Original Japanese edition published by Takarajimasha, Inc.

Simplified Chinese translation rights arranged with Takarajimasha, Inc.

Through AMANN CO., LTD.

Simplified Chinese translation rights © 2023 by Power TIME COMPANY.

图书在版编目（CIP）数据

吹响吧！上低音号.北宇治高中吹奏乐部决意的最终
乐章.后篇 /（日）武田绫乃著；沈娟译.-- 北京：
台海出版社，2023.11
　　ISBN 978-7-5168-3681-1

　　Ⅰ.①吹… Ⅱ.①武…②沈… Ⅲ.①长篇小说－日
本－现代 Ⅳ.① I313.45

中国国家版本馆 CIP 数据核字 (2023) 第 201517 号

吹响吧！上低音号 北宇治高中吹奏乐部决意的最终乐章 后篇

著　者：	[日]武田绫乃	译　者：	沈　娟
出 版 人：	蔡　旭	插画绘制：	Asada Nikki
责任编辑：	员晓博	封面设计：	MF 造梦

出版发行：台海出版社

地　　址：北京市东城区景山东街 20 号　　邮政编码：100009

电　　话：010-64041652（发行、邮购）

传　　真：010-84045799（总编室）

网　　址：www.taimeng.org.cn/thcbs/default.htm

E － mail：thcbs@126.com

经　　销：全国各地新华书店

印　　刷：北京盛通印刷股份有限公司

本书如有破损、缺页、装订错误，请与本社联系调换

开　　本：880 毫米 ×1230 毫米　　　　1/32

字　　数：260 千字　　　　　　　　印　张：9.75

版　　次：2023 年 11 月第 1 版　　　印　次：2024 年 1 月第 1 次印刷

书　　号：ISBN 978-7-5168-3681-1

定　　价：48.00 元

版权所有　　翻印必究